LITERAIR LANDSCHAP

Literair landschap

Dichters en schrijvers over Nederland

samengesteld door Peter van Zonneveld

ATRIUM

Literair landschap is een uitgave van ATRIUM
in opdracht van Coöp. Inkoop Coöperatie Boeken u.a. te Alphen aan den Rijn.

ISBN 90 6113 839 6 NUGI 300

Inleiding

Hoe komt het toch, dat het Nederlandse landschap al eeuwen lang tot de verbeelding spreekt? Schilders, schrijvers en dichters lieten zich reeds in de Gouden Eeuw inspireren door hun directe omgeving, en dat doen ze nu nog. We mogen dan weliswaar niet kunnen bogen op woeste bergen en ondoordringbare wouden, we hebben wel iets anders: een landschap, grotendeels vervaardigd door onze voorvaderen. Bedijkt land, drooggemalen meren, met molens, kerktorens en kastelen. Er zijn brede rivieren die traag door oneindig laagland gaan. Er is ook een zee met zijn eindeloze deining, een stormig strand, naakte duinen en daarachter een land van mest en mist. Groots is vooral onze hemel: van lachende wolkenluchten tot een dreigend zwerk. Luchten waarin al de stemmingen van het gemoed zich lijken te weerspiegelen. Het is vooral Holland dat het beeld heeft bepaald, maar er is nog heel wat meer: heiden en vennen, heuvels en dalen, bossen en beekjes, slikken en schorren.

In de zeventiende eeuw, omstreeks 1640, bezong Vondel de dertig jaar tevoren drooggelegde Beemster. Honderdvijftig jaar later beschreef Elisabeth Maria Post in haar roman *Het land, in brieven* (1788) de idylle van het pastorale leven in Amerongen, waar verschillende landschapstypen samenkomen. Rhijnvis Feith, vooral bekend vanwege zijn sentimentele roman *Julia* (1783) wijdde een gedicht aan zijn buiten Boschwijk bij Zwolle, en Staring schreef op zijn landgoed De Wildenborch bij Lochem zijn mooiste verzen. In het begin van de negentiende eeuw trokken schrijvers en dichters eropuit: Jacob van Lennep en zijn vriend Dirk van Hogendorp wandelden in 1823 door vele provinciën, drie 'podagristen' trokken de provincie Drenthe rond. Van veel natuurgevoel getuigt het werk van de jonge Nicolaas Beets, die zich in zijn romantische periode, nog voordat hij zijn *Camera Obscura* (1839) publiceerde, graag overgaf aan bespiegelingen in de vrije natuur. Potgieter, met zijn weemoed naar de Gouden Eeuw, was oprecht trots op zijn land, 'der Vaderen werk'; hij schreef zijn beroemde gedicht 'Holland' in 1832 in Zweden. De jonggestorven domineedichter De Génestet spotte in zijn 'Boutade' juist met dat 'doorsijperd stukske grond' en dat 'kliemerig klimaat'.

Bij de Tachtigers was het vooral Frederik van Eeden die de buitenlucht zocht. Dat had hij van geen vreemde: zijn vader was een verwoed wandelaar en een groot natuurliefhebber. De zoon noteerde in zijn dagboek de impressies, opgedaan tijdens zijn wandelingen, fiets-, boot- en schaatstochten. Maar de schrijver die meer dan wie ook gefascineerd bleek door het Nederlandse landschap was Nescio, die in zijn verhalen uit het begin van deze eeuw op onnavolgbare wijze de melancholie daarvan heeft vastgelegd. Sinds kort kunnen we beschikken over zijn *Natuurdagboek*, waaruit blijkt hoe intens ook de oudere Nescio na de oorlog van steeds maar weer dezelfde tochtjes kon genieten, al klaagde hij tevens hoeveel er sinds zijn jeugd aan schoonheid verloren was gegaan. Dat klagen begon al bij dominee Craandijk, die omstreeks 1880 heel Nederland rondwandelde, en als een der eersten de gevolgen van de oprukkende industrialisatie noteerde. Ook Frans Erens schreef in zijn *Vervlogen jaren* (1938) met weemoed over een streek waar toen al weinig meer van over was: het Limburg van zijn kindertijd. Het ongerepte Zeeuwse landschap waar de jonge Hans Warren met zoveel overgave doortrekkende vogels bestudeerde, maakte plaats voor een kerncentrale. Elke stad, elk dorp in Nederland heeft na de oorlog zijn nieuwbouwwijken en zijn industrieterreinen gekregen, en met de aanleg van nieuwe spoorlijnen en startbanen is het einde van deze ontwikkeling nog niet in zicht.

Dit boek wil iets vastleggen van wat er nu nog is. Dat betekent, dat verhalen en gedichten die niet door recente foto's geïllustreerd konden worden, niet zijn opgenomen. Daarom ontbreken de prachtige bladzijden die Frans Erens over Schaesberg schreef, daarom ontbreken de fascinerende notities van Hans Warren over de Noordnol bij Borssele. Je kunt er om treuren, maar je kunt je ook verheugen over wat er nog wèl is. Het monument dat Jacob van Lennep en zijn reisgezel in het begin van de negentiende eeuw bij Dokkumer Nieuwezijlen aantroffen, staat er nog net zo. Het landschap rond Amerongen vormt nog altijd een schitterend wandelgebied, en de buitens van Staring en Feith, ze zijn er nog.

Op andere plekken mag het landschap dan iets veranderd zijn, de juiste locatie is vaak heel precies terug te vinden. Zo beschreef Johan van Heemskerk in zijn *Batavische Arcadia* (1637) een kom in de Rijn nabij het Haagse Schouw, tussen Leiden en Valkenburg. Twee eeuwen later, in 1834, ontbeet Nicolaas Beets met twee vrienden in een roeibootje, in exact dezelfde kom, tegenover het buiten Rhijnhof. Die kom zoekt men daar nu tevergeefs, maar het uitzicht op dat fraaie buiten is hetzelfde gebleven.

Soms brengen schrijvers en dichters zelf een historische dimensie aan. Harry Mulisch signaleerde in zijn 'Natuurlijke historie van de Noordzee' de 'slingerende zeilen van de V.O.C.'. Ab Visser voelde zich op de Drentse heide met de oertijd verbonden. David Jacob van Lennep deden de Hollandse duinen denken aan de opstand tegen het Romeinse gezag. Gerrit Achterberg ervoer in de stilte van station Hulshorst de oeroude legende van een Veluwse roversbende. Frans Bastiaanse liet een landhuis aan de Vecht dromen van een glorieus verleden. Louis de Bourbon legde in zijn 'Laus Brabantiae' een verband tussen de Tachtigjarige Oorlog en de Duitse bezetting. En Hans Warren vergat door de schoonheid van Zuid-Beveland voor even de dreiging die uitging van het jaar waarin hij zijn indrukken in zijn dagboek noteerde: 1942.

Heel typerend is ook de religieuze dimensie van veel landschapsliteratuur. Elias Annes Borger sprak met zijn vrouw in een prieel aan de oever van de Rijn 'van God en 't eeuwig leven'. In 'Zomeravond in Gelderland' van Jac. van Hattum ruiste het lover 'God met ons'. Gods hand scheidde water en land in de 'Noordoostpolder' van Jan H. De Groot. En een fameuze wandeling langs het Buiten-IJ riep bij Nescio de gedachte op: 'Groot was God dien middag en goedertieren'.

Het landschap is het ideale decor voor de liefde. Staring schreef een van de mooiste liefdesverzen uit de Nederlandse literatuur, waarbij een paar schuilt 'onder dropplend loover', hetgeen tot de eerste omhelzing leidt. Een gewijd ogenblik, waar beiden geen afscheid van kunnen nemen, getuige die prachtige regel: 'En dralend rezen wij'. Voor Rutger Kopland is de Drentse A de achtergrond voor een intiem samenzijn met een geliefde. In Wolkers' *Terug naar Oegstgeest* leidt de verliefde hoofdpersoon zijn aanbedene naar de ruïne van Warmond. En in het gedicht 'Leiden-Den Haag' van Anton Korteweg wordt al fietsend langs kasteel Duivenvoorde en door de Horsten gedacht 'dat je wie je bemint met honger voedt'.

Soms wordt het landschap op een hoger niveau getild, waar het lijkt te ontsnappen aan de wetten van de natuur, en een bijna metafysische betekenis krijgt. 'Er is geen einde en geen begin' heet het bij Vasalis in haar gedicht over de Afsluitdijk. Adriaan van Dis ervaart de duinen bij Bergen aan Zee als 'Een dubbel landschap, met niemand te delen'. Het is niet verwonderlijk dat Nescio in deze bloemlezing zo ruim vertegenwoordigd is. Bij wie anders kan de beschrijving van een tochtje langs de Vecht eindigen met de regel 'Het landschap lag buiten alle plaats en tijd'? En bij wie anders zou een bezoek aan slot Loevestein leiden tot zinnen als: 'De rust. La plénitude, secluded en toch in de wereld. Het bestaan komt tot een zin.'

Dit boek bevat een persoonlijke keuze uit de Nederlandse literatuur, van het bekende tot het minder bekende. Ik ben mij ervan bewust hoeveel schrijvers en dichters hier ontbreken, en hoeveel landschappen hier onbesproken blijven. Het is bedoeld als een wandeling door de Nederlandse natuur van buiten de stad, waar de invloed van de mens toch vaak nog merkbaar is. Vandaar ook de buitenplaatsen in een bosrijke omgeving, de kastelen aan het water. Het is geen toeval dat daarbij de nadruk is komen te liggen op plekken die mij dierbaar zijn.

Peter van Zonneveld

Holland

Graauw is uw hemel en stormig uw strand,
Naakt zijn uw duinen en effen uw velden,
U schiep natuur met een stiefmoeders hand, –
Toch heb ik innig u lief, o mijn Land!

Al wat gij zijt, is der Vaderen werk;
Uit een moeras wrocht de vlijt van die helden,
Beide de zee en den dwing'land te sterk,
Vrijheid een' tempel en Godsvrucht een kerk.

Blijf, wat ge waart, toen ge blonkt als een bloem:
Zorg, dat Europa den zetel der orde,
Dat de verdrukte zijn wijkplaats u noem',
Land mijner Vad'ren, mijn lust en mijn roem!

En wat de donkere toekomst bewaart,
Wat uit haar zwangere wolken ook worde,
Lauw'ren behooren aan 't vleklooze zwaard,
Land, eens het vrijst' en gezegendst' der aard'.

Holland

Holland gij hebt zwellende wolken-stoeten
uit verre hemel-velden aangevlogen,
Gij hebt horizonnen, zacht omgebogen
van oost naar west zonder eenmaal te ontmoeten

lijn die ze snijdt; en wijd-gespannen bogen
van stranden en van zeeën om ze henen
gaand tot waar zij met heemlen zich vereenen
die uw schijn van oneindigheid verhoogen.

De lijnen van uw land en van uw water
wekken in ons onpeilbare gedachten
verlengen zich tot eindeloos begeeren.
Onze oogen proeve' iets groots en daarvan gaat er
een trek van grootheid door ons geestes-trachten
en zijn wij thuis in grenzelooze sferen.

Holland

Wat zijt gij klein, Holland
Met al uw velden en vlakke wegen,
Met uw rampzalige aardappellanden,
En uw vreeslijk droefgeestigen regen,
En uw lage goedaardige stranden –
Maar groot toch is de zee, Holland
Waaraan gij langzaam zijt verschenen,
Waaruit ge als een schelp zijt geboren,
Die zingt door uw heele land henen,
Dat elk in zijn ziel haar kan hooren!

Doch wat zijt gij klein, Holland
Met uw simpele wilgeboomen,
Met al uw kleine kabblende plassen
En die paar platte gemaklijke stroomen,
En uw bloemen en tamme gewassen –
Maar groot toch is uw hemel, Holland,
Met zijne matelooze klaarten,
Met al zijn oneindige kleuren,
En die verandrende wolkengevaarten,
Waarmee groote dingen gebeuren!

Doch wat zijt gij klein, Holland
Met uw verlegen zwijgende menschen,
En al uw langzame stille levens,
En al uw vele denkbeeldige grenzen,
En o! met nergens ooit iets verhevens –
Maar groot toch is uw volk, Holland,
Verwant aan uw heerlijk verleden,
Dat tussen uw heemle' en zeeën bleef groeien,
En tusschen die wisslende eeuwigheden
Zich bereidt om opnieuw te gaan bloeien!

Afsluitdijk

De bus rijdt als een kamer door de nacht
de weg is recht, de dijk is eindeloos,
links ligt de zee, getemd maar rusteloos,
wij kijken uit, een kleine maan schijnt zacht.

Vóór mij de jonge pas-geschoren nekken
van twee matrozen, die bedwongen gapen
en later, na een kort en lenig rekken,
onschuldig op elkanders schouder slapen.

Dan zie ik plots, als waar 't een droom, in 't glas
ijl en doorzichtig aan de onze vastgeklonken,
soms duidelijk als wij, dan weer in zee verdronken
de geest van deze bus; het gras
snijdt dwars door de matrozen heen.
Daar zie ik ook mezelf. Alleen
mijn hoofd deint boven het watervlak,
beweegt de mond als sprak
het, een verbaasde zeemeermin.
Er is geen einde en geen begin
aan deze tocht, geen toekomst, geen verleden,
alleen dit wonderlijk gespleten lange heden.

Nieuw liedeken, tot lof van Friesland

O Friesland zo vol deugden, als ik een landschap weet,
Versierd met duizend vreugden, uw bodem is bekleed
Met korenrijke velden, Uw steden zijn voorzien
Met wallen en met helden, die wijslijk u gebiên.

Refrein
O Friese aard, recht edel land,
Die door het zwaard uw vrijheid want!

Uw wel bebouwde landen zijn rijkelijk versierd
Met vruchten veelderhande, en gras voor uw gediert,
Hetwelk de Heer laat groeien zo vruchtbaarlijk, dat elk
Zou zeggen, daar te vloeien: kaas, butter, honig, melk.

Gij ziet uw land bolwerken met steden, schansen sterk;
Van dorpen, torens, kerken, ik uws gelijk niet merk.
In uw roemwaarde wetten gij van geen reden wijkt.
Ja, als men 't recht zal zetten, Athenen gij gelijkt.

Uw grenzen, die besluiten de dijken hoog en vast,
Waarop de zee moet stuiten; geen Koning u belast.
O, Prinselijke rijke! gelegen in het Noord,
Wie heeft van uws gelijke zijn leven ooit gehoord?

D'inwoonders, heus van zeden, geneigd tot eer en deugd.
Die hebben in de vrede en stilheid haar geneugt.
De armen goedertieren, barmhartig, mild zo dat
Geen eeuw heeft in manieren ooit uws gelijk gehad.

Uw adel, zo manhaftig als ooit de wereld droeg,
Bewoont het land eendrachtig, en zendt ook wonder vroeg
Haar kinderen ten strijde, die met geweer in d'hand
Te sterven niet en mijden tot dienst van 't vaderland.

Nooit schoonder vrouwspersonen de blonde zon bescheen,
Als in 't vrij Friesland wonen, zo wel gesteld van leên,
Zo rijk van eerbaarheden, zo kuis, zo zoet van aard,
Zo vriendelijk van reden, zo statig noch bedaard.

Rijk van geleerde mannen, die, Dienaars van Gods woord,
Eendrachtig tsamen spannen en brengen vruchten voort,
Die tot geen twisten strekken, maar tot de zaligheid,
En om elk te verwekken tot ware' eendrachtigheid.

Wie kan uw lof verkleinen? De Friezen in een strijd
Verwonnen de Romeinen in Keizer Karels tijd,
Ja, zij bestormden Rome, en namen 't in, dat 's meer,
Dies hebben zij bekomen de gulden Vrijheid weer.

Door haar manhaftigheden, de Keizer Karel braaf
Hun vrijheid en ook mede zijn halve wapen gaaf
Te voeren in hun schilden, met privilegi, van
Te leven zo zij wilden en zo 't hun best stond an.

O, Friesland, wilt beschutten uw vrijheid tot de dood,
Laat niemand u ontnutten uw privilegiën groot,
Wilt u als mannen weren, blijft stadig bij 't gebod
Van uw wel-wijze heeren, maar bovenal van God!
O Friese aard, recht edel land,
Die door het zwaard uw vrijheid want!

Van Dokkum naar Nieuwe Zijlen

Te vier ure riep de knecht ons op: de lucht was opgeklaard, doch de wegen nog nat en de morgen zeer guur: derhalve verkozen wij ons in de schuit van vijf ure naar *Kollum* te begeven.

De vaart liep in den beginne door lage weilanden, maar het gezicht werd langzamerhand door fraaie heeren- en boerenplaatsen veraangenaamd. Verder gekomen, stapten wij uit de schuit en wandelden door korenvelden, met meidoorens, elzen en kreupelhout omplant naar het fraaie dorp dat een der grootste van Friesland is en 1400 inwoners telt. Aan onze rechterhand stak een heerlijk bosch de hooge toppen ons; en aan de andere zijde weidde het oog over welige en vette landerijen, welke *f*1500 a *f*2000 de morgen waard zijn, en waar zeer schoone runddieren op graasden. Na een uurtje gezeten te hebben sloegen wij noordwaarts op, kwamen door eene weide in een korenveld met meiboomen omplant, van waar men zich omkeerende een treffend gezicht op het dorp had, en traden vervolgens op een klein voetpad langs meerdere wei- en bouwlanden tot op een binnenzeedijk voort, die ons op de zoogenaamde *Nie zielen/Nije zijlen* of *Nieuwe sluizen/* bracht. Eer wij aan dezelve kwamen, vonden wij op den dijk een naald of obelisk ter hoogte van tien voet met een koperen knop op de punt, en door middel van vier zwarte klooten op een pedestal van vijf voet hoogte rustende.

18 juni 1823

Dokkumer Nieuwe Zijlen

Groningen

Mijn lichaam is van klei en zand en veen.
Diepe kanalen trekken door mij heen.
Een waddenrijk ligt voor mijn kust te blinken.
Zeevogels zien het rijzen en verzinken.

Novemberland

opgedragen aan de Groninger Veenkoloniën

Na de roodbruine warmte van september,
na van october 't zwaar en donker goud,
keren de heldre dagen van november
met ijle geur van brandend turf en hout,
van rijpe appels, rottend loof. Reeds koud
worden de morgens in de kale velden
waar raven, met de ondergang vertrouwd,
de heerschappij aanvaarden; sombre helden
die zich met nog somberder roepen melden.
Op het vochtige land strijken zij neer
waar zij op paarden en op honden schelden
en zij voorspellen vorst en winterweer.

Er leiden moddersporen naar de schuren
van boerenhoeven, trage wagens gaan
en knapen branden witrokende vuren
die er als bakens in de schemer staan.
Des avonds komt een opgezwollen maan
ontzaggelijk omhoog uit einderdampen
als vrucht van vreemde plant en meet zijn baan
terwijl de verontruste paarden stampen
en koeien angstig loeien als in krampen.
Dan neemt de boer een lamp, gaat in de stal
en klopt zijn kalmte in hun bange flanken
die heel licht siddren als een waterval.

Dit is mijn land: onder pastellen luchten
liggen de akkers eindeloos en triest;
de wind neemt aanloop tot al wijder vluchten
en, spelend rond een eenzaam huis, verliest
hij telkens even aarzlend zich en briest
in een verlaten boom. De blaadren schuilen
en kantlen zich. Maar hij, al wilder, kiest
de zwaksten uit en jaagt over de vuile
akkers hun gele vlekken in de kuilen,
de rook van brandend loof verzamelend.
Des nachts komt hij wild in een schoorsteen huilen
tot hij verveeld verder vlucht, stamelend.

(fragment)

Naar Slochteren

's Morgens bus kwart voor elf van het Damsterdiep naar Slochteren. Kronkelende, schaduwlooze, prozaïsche route van 35 minuten (Harkstede, kerkje).

Slochteren (oase). De twee gezellige witte restaurannetjes waar de wereld op uitloopt.

Onder de weranda van 'Het Hooge huis' rieten stoeltjes en een man die zat te teekenen. Kopje koffie. Het uithangbord: 'Wapen der Heerlijkheid Slochteren'. Witte en roode horizontale banen en een gedrochtelijk zwart beest, allemaal nek en staarten en tongen en hooge pooten met klauwen en een raar achterlijf. Geen draak, geen vogel, geen duivel. Alles goed in de verf. Gevraagd aan de waardin wat dat voor een dier was. Ze keek er eerst eens naar en zei toen dat ze 't niet wist en dat nog nooit iemand dat gevraagd had. Gevraagd of ze ook hotel had. Ze had twee kamers, de eene was vast verhuurd en op de andere had nog nooit iemand gelogeerd. Kreeg den indruk dat ze 't liever zoo liet. Haar gezegd dat ik een detective verhaal zou schrijven: 'Het hotel zonder gasten'. Een kaartje gekregen om in het bosch om de Freylemaborg te mogen wandelen, kostte een dubbeltje maar ik kreeg 't zoo maar.

Freylemaborg: hek, laan, een brug, weer laan en een lange brug over de kasteelgracht. Een groot beeld aan elken kant aan het eind van de brug en ergens hoog nog 4 beelden op een schijnbalcon, een lijst met pilastertjes. Toren, uivorm, met lei gedekt. Kon er aan 3 kanten omheen loopen, het slot rijst uit het water op. Zware boomen (een geweldige bruine beuk), veel gezang, getjilp en gekras van vogels. Terug naar de herberg en daar de bus van vijf minuten over twaalven gepakt en door een volslagen gebrek aan romantiek naar Groningen gereden. Evenwel: ergens de eerste vlierstruik zien bloeien en herten en pauwen bij een boerderij.

8 juni 1953

Fraeylemaborch

Gedicht over de Drentse A

Wat we mooi vinden, zonder cynisme, dat
is de liefde en het café achteraf. Daar
zitten we met ons lachend gezicht, we mogen
elkaar, maar we mogen alleen geloven wat
waar is, we lachen met onze tanden, onze
handen liggen op tafel te wachten tot wij
ze weer meenemen. Oh, we gaan beslist nog
een keer naar de Drentse A.

Als we de moed maar hadden om
er over te praten, we hadden het toch
gezien wat de paarden deden, hoe
afwezig de ene zijn hoofd over de nek
van de ander legde, ze elkaar zachtjes
beten, liepen alsof ze elkaar al jaren
volgden zonder te zien, ze gebogen
stonden over de A, tot hun knieën
in het moeras.

Het is geen nieuw gevoel geweest vandaag,
het was niet alleen voor elkaar bedoeld,
het is oud en blijvend en het ging niet
weg toen wij weggingen. Ik kan je hand
niet aanraken, je hoeft niet te blijven
zegt je hand, ik zit te kijken tegen
iemand die hier niet is, in dit café
tenminste niet.

Een Drents dorp.

Een bezoek aan Oosterhesselen.

Oosterhesselen ligt geheel in 't geboomte verscholen en heeft nog een volmaakt patriarchaal voorkomen. Gij bemerkt niets van het dorp, tenzij gij U reeds in deszelfs middelpunt bevindt, en rondom de brink de schakel van nederige eenvoudige woningen aanschouwt, dertig in getal, door schuren, hekwerk, eiken plantsoen en open plekken afgewisseld. Zonder dit te willen, maken deze boerse huizen toch een fraaie vertoning. 't Geheel levert een landelijk tafereel van rust en kalmte, welks aanblik U nimmer vermoeit. 't Ensemble heeft zeker in de laatste eeuwen geen verandering of opzettelijke verfraaiing ondergaan. Ook hier wordt, evenals te Wilsum in Hannover, aan vreemdelingen de toegang afgesneden; de bewoners toch laten zich niet gemakkelijk overreden om aan vreemden een huisplaats af te staan. De woningen zelf hebben sedert de laatste vijftig jaren enigermate een verandering ondervonden, welke zeker 't gerief en 't gemak der bewoners niet weinig bevorderde. Vóór 1795 toch werden er bijna geen stenen aan de huizen gezien, gelijk thans allerwege 't geval is. Zij bestonden destijds geheel uit hout en leem, welke samenstelling men hier te lande wand noemt. Vóór honderd jaren waarschijnlijk vond men in Oosterhesselen geen enkele schoorsteen. De rook van de haard voerde een despotiek gezag in de keuken of 't woonvertrek en vervulde deszelfs binnenruimte geheel en al.

[...]

In 't midden van 't dorp staat de hervormde kerk, een oud gebouw, met weinig uiterlijks, geheel eigenaardig passende bij zulk een landelijk dorp. De toren staat afzonderlijk en verheft zich tot een geringe hoogte, zodat men hem ter nauwernood boven de eiken ziet uitsteken. Al te hoge torens herinneren Babel, en die herinnering is niet vleiend. De kerk heeft inwendig evenmin iets bijzonders. De wapenborden, boven 't gestoelte der Heren van de Klencke, collatoren der gemeente, zijn verdwenen in die dagen, toen 'vrijheid, gelijkheid en broederschap' de leuze was in den lande en aristocraat te zijn de grootste misdaad. Ook de geschilderde vensterruiten hebben niets van hun aards bestaan overgehouden, dan ettelijke fragmenten, die aan de woede der winterstormen zijn ontkomen. Iets evenwel trok nog onze aandacht: 't was een zogenaamd armblok, een eerwaardig overblijfsel van de eerwaardige oude tijd, – een uitgeholde paal, in de grond staande, van boven gesloten met een deksel, waarin een sleuf of nauwe opening, om liefdegaven door te storten.

Oosterhesselen

Heidegebied

Waar heb ik dit alles eerder gezien:
deze hopeloos sombere heidevelden,
het versteende spook van een half ontvelde,
door de bliksem getroffen dwergden,
gebogen over het fletsblauw vissenoog
van een dichtstuivende ven.

En verder langs zandige heuvelboog,
de stuurse inteelt van jeneverbesstruiken,
scherven van diluviale wapens en kruiken,
het kadaver van een roestbruin everzwijn
en een azende buizerd boven het weg-ravijn.

Mijn angst stamt uit God weet welke oergrond,
toen ik schreeuwende vluchtte voor een mastodont.
Sinds heb ik duizenden levens hier gezworven,
mijn angst werd groter, maar in mijn mond
is de schreeuw om dit gruwzaam voortvegeteren bestorven.

Aan Boschwijk

U, troost en wellust van mijn leven,
U, stille, kalme, dierbre dreven,
    Vertrouwden van mijn vreugd en smart,
Waar nimmer dwang mijn aanzijn martelt,
En ieder boom, daar 't windje in dartelt,
    Mij zoet herdenken ruischt in 't hart!

U, die dat hart, geprangd van kommer,
Zoo vaak in uwe koele lommer,
    Of bij een' zachtbewogen' vliet,
Op eene zodenbank gezeten,
Dit vlugtig aanzijn deed vergeten,
    U, Boschwijk! wijdt mijn hart een lied!

De beste jaren van mijn leven
Zijn langs uw velden afgedreven,
    Door rust en rein genot geleid;
Ik zag mijn dagen effen vloeijen,
Mijn gade en kindren om mij bloeijen
    Vol zalige tevredenheid.

Waar weekt gij, vlugtige oogenblikken?
't Herdenken moog' nog staâg verkwikken,
    Gij zelf, helaas! gij zijt niet meer!
O vaderland! die zoete weelde,
Die eenmaal uwe landrust teelde,
    Keert nimmer tot uw velden weêr.

Maar ook in later, banger dagen,
Als 't hart zijn lasten naauw kon dragen,
    Bleeft gij mij wijkplaats in de smart;
Uw schaduw kwam mij mild omvangen,
Uw windje koelde mijne wangen,
    En blies mij vaak de zorg van 't hart.

(fragment)

Boschwijk

De Twentsche Hoeve

De zachte vensters vrij naar zon en regen open
en naar de onmeetlijkheid van 't rustloos barend land
ligt ze, in de ommanteling der ruige roggehoopen,
warm als een nest gedoken aan den akkerrand.

Zachtaardig beeld van vrede, waar een ziel in droomt
die zich in eenvoud voegt naar 't goddelijk bestel:
Het knoestig erf, door sleedoorn wit bezoomd;
de zwarte bussels hout, de groen bemoste wel

waarin 't smaragden water zijn geheim bewaart,
de steile putstaak die in de appelbloesem schuilt;
de plaggenschuren, dicht om 't moederdak geschaard,
waaronder welvoldaan de wintervoorraad puilt;

en hoog ter nok, om 's hemels zegen af te smeeken
op akkerland en vee: de kroon van 't Twentsche huis,
trouwhartig landsgebruik en zinrijk dubbelteeken...:
het heidensch Wodanswiel, bevleugeld door het kruis.

IJsselkade

De deventer Onder de Linden
daar schrijdt het water langs,
hoogzwanger in de winter
en in de zomer slank.

Maar 's zomers groeien de bomen
tot hun manlijke kracht,
Mozesnazaten, zonen
van Aäron op wacht.

Op wacht over de tuinen
dicht bij de waterkant,
want het water mag dan verdwijnen,
het houdt met alles verband:

Met de parmantige boten
en met de overzij
en met de vastbesloten
bruggen en met mij.

De bomen met ruisende kleren
als bladgroene pastoors
willen mij bekeren
van mijn diepwaterkoorts.

Deventer

Noordoostpolder

Toen d'aarde bloot kwam, druipend van het water,
was het een scheppingsdag, waarop Gods hand
de stromen scheidde van het slijm'rig land,
dat rilde van verwachtingen. Verlatener

dan ooit lag Schokland, walvis op het strand.
De lip lubt om 't gebit der palissade,
harpoenen in de rug, bomen ter kade,
de flanken aangevreten en ontmand.

En uitgeloerde boeren, strak de monden,
trekken met paard en ploegschaar in de stand
de voren tot een waaier door de gronden,

delvend het wrak uit zavel en uit zand,
waar eens de golven tegen 't leven stonden
van ploegers met de helmstok in de hand.

Schokland

Het nieuwe land

De meeuw, die vroeger over water vloog,
verwondert zich; hier viel de aarde droog.
Vergane schepen rusten in mijn koren.
Ik ben nieuw land; ik ben maar pas geboren.

Hulshorst

Hulshorst, als vergeten ijzer
is uw naam, binnen de dennen
en de bittere coniferen,
roest uw station;
waar de spoortrein naar het noorden
met een godverlaten knars
stilhoudt, niemand uitlaat
niemand inlaat, o minuten,
dat ik hoor het weinig waaien
als een oeroude legende
uit uw bossen: barse bende
rovers, rans en ruw
uit het witte veluwhart.

HULSHORST.

Het donkere bos

O hoe rijk is de natuur in schoonheden! vooral in het bekoorlijke oord dat mijn gelukkige Emilia bewoont! een paar mijlen van ZORGENVRIJ ligt een uitgestrekt bos; mijn vriendin had mij lang begerig gemaakt om dit te bezoeken. – Eindelijk bepaalden wij een dag. Op een open landwagen, een rijtuig dat mij zo zeer om zijn luchtigheid als om zijn zeldzaamheid voor mij, behaagde, reden wij genoeglijk langs bouw- en weilanden, beplante velden en heivlakten, bergen en dalen, totdat wij bij het uitgestrekt bos, aan de voet van een berg aftraden, met een ziel, die geheel voorbereid was voor de beschouwing der Romaneske schoonheden die wij hier vonden. Verbeeldt u een onafzienbare kring van meestal oude bemoste bomen, die in een steile rechtheid oprezen, elkander met de brede kruinen raakten, en dus de schaduwen verdubbelden; en onder enige derzelve grafheuveltjes door de natuur tot rustplaatsen geschikt; de grond hier meer, daar minder heuvelig, was met een groen tapijt van zachte mos begroeid. Hier heerste, meer dan ik ergens zag, die schone onorde, die de vrije natuur vertoont als geen misvormende kunst haar in banden kluistert. Vogelen, die het stille eenzame lommer zoeken, daar geen menselijk gewoel hen stoort, daar de Echo's alleen hun lied nabootsen, bewoonden in een vreedzame gezelligheid, dit schaarsbezochte woud; al luisterende naar hun gemengde wildzang, dwaalden wij met een stil genoegen op de kronkelende paden. Op één plaats waar de zich verdikkende schaduwen een bijna nachtelijke donkerheid vormden, hoorden wij het statig geluid van een klaterende waterval. Hieronder mengde zich, het zachter, vreedzaam gefluister van een murmelend beekje. Opgetogen van nieuwsgierigheid, hielden wij hier een ogenblik stil. – Wij wendden vervolgens onze treden, naar de leiding van het gehoor, het geruis nam toe naarmate wij nader kwamen, en vervulde mij met een zekere eerbied. Eindelijk bracht mij Emilia, om mij op het treffendst te verrassen, op een plaats van welke ik mij geen verbeelding had kunnen maken. – Ik zag in een sombere diepte een schone bron voor mij, waaruit het helder water met een milde stroom, langs rotsachtige, met mos begroeide keien, al spattende, afliep in een kleine kom, wiens schuimend nat langs groter en breder vallen, in een beekje stortte, dat onder 't loof der overhangende struiken, zachtjes murmelde in de diepte. De grootsheid van dit oord werd vermeerderd door alles wat hem omringde. Terzijde van de bron ging de grond met een trotse steilte al hoger en hoger op; een verzameling van eerwaardige bomen, van grijze eiken, rijzige abelen, schaduwrijke linden en hoge populieren, rezen achter elkander op, en vormden een schoon amfitheater.

(fragment)

Herdenking

Wij schuilden onder dropplend loover,
Gedoken aan den plas;
De zwaluw glipte 't weivlak over,
En speelde om 't zilvren gras;
Een koeltjen blies, met geur belaân,
Het leven door de wilgenblaân.

't Werd stiller; 't groen liet af van droppen;
Geen vogel zwierf meer om;
De daauw trok langs de heuveltoppen,
Waar achter 't westen glom;
Daar zong de Mei zijn avendlied!
Wij hoorden 't, en wij spraken niet.

Ik zag haar aan, en, diep bewogen,
Smolt ziel met ziel in een.
O tooverblik dier minlijke oogen,
Wier flonkring op mij scheen!
O zoet gelispel van dien mond,
Wiens adem de eerste kus verslond!

Ons dekte vreedzaam wilgenloover;
De scheemring was voorbij;
Het duister toog de velden over;
En dralend rezen wij.
Leef lang in blij herdenken voort,
Gewijde stond! geheiligd oord!

De Wildenborch, het buiten van Staring

De Duivelsberg

Van Berg en Dal tot op Duivelsberg gewandeld van 1/2 1 tot kwart over éénen. Gewandeld van Berg en Dal eerst den rijweg. Valleitje rechts, kleine inzinking met gras met lange rij groote beuken, paralel aan den weg, daarachter hooger oploopende wei naar de lucht. Valleitje links afgesloten door struikgewas, daarbij 3 koeien in de schaduw. Pad naar den Duivelsberg, zeer stil. De pannebakkerij die je dan vroeger aan je rechterhand had, radicaal weg, zelfs de plek waar i stond onvindbaar. Kopje koffie voor het cafétje 'De Duivelsberg' (Hollandsche vrouw). Kijk tussen doorschenen blaadjes naar donker akkertje een eindje beneden, half in de zon, half in de schaduw. Een knol opgeloopen die nergens heen voerde, maar mooi gezicht links in de diepte met hoog rondom boomen. Daarna het hoogste punt gevonden, wazig panorama (Elten onzichtbaar), twee complexen nieuwe rooie daken, bij één iets vaags dat schoorsteenen konden zijn (Leuth en Kekerdom?). Geen Waal, maar het lief-blauwe Wyler meertje met het nu Hollandsche petiterige dijkje met petiterige paadje dat in het meertje uitsteekt. Klein eilandje en hoog riet ergens aan den overkant met 3 koeien: 1 wit en zwart (zwarte kop en voorstuk), 1 zwart met een witte poot en 1 roodbruine. De zwart met witte poot stapte door een geultje en daarna in het blauwgroene harde riet en als je niet wist datti daarin stond zag je 'm niet. Land: groen met koetjes maar ook veel bruine en vale vlakken, 1 met schooven, 1 plek leek wel griend, wat nieuwe huisjes met rooie daken in Duitschland en halverwege de horizon liep een heel mooie *enkele* laan op Holland (naar de Waal toe) af, boomen met kleine tusschenruimtetjes, precies goed.

Gestaan en op den grond gezeten op dat hoogste punt. Er was niemand. Alsof ik zelf dat heele panorama niet had gemaakt maar opgeroepen. Tien over tweeën terug tot bij cafétje en toen links het steile boschpad naar beneden, moest me aan de boomen vasthouden. Kronkelpad met verrassingen en zonnespel in de boomen en een nu droge geul in het midden, een keteldalletje, en de boomen torenhoog op de heuvel. Langs een weitje toen in eens op de lavelooze, kale, Duitsche (nu Hollandsche) weg van grauw steenslag! Maar even mooi gezicht op het blauw van het meertje rechts, links aan den overkant van den weg een huisje en daartusschen hoog oprijzende zeer gele bloemen dicht bij elkaar, een bundel. (Ik had even te voren *links* moeten afslaan en opstijgen naar Berg en Dal, dan had ik dat beekje weer gevonden uit 1926, waar je op naast elkaar gelegde takken over heen ging).

september 1951

Zomeravond in Gelderland

Hoe zich de avondluchten vulden
met zwoele geur en zacht gegons;
de meregolfjes zongen: 'Gulden',
het lover ruiste: 'God met ons'.

Uddelermeer – vaak dacht ik later:
'Hoe 't mooglijk is, dat het bestaat:
een kwartje voor een glaasje water,
terwijl de put er vol van staat.'

Wij sliepen in de roggeschoven
en hebben sterretjes geteld
en dachten: 'Aanstonds klimt naar boven
de Dominee van Barneveld.'

O, Gelderland, wij beiden wisten,
hoe mooi Jij eigenlijk wezen kon,
zonder Jouw starre calvinisten;
al hei en bos en horizon.

Hoe zich de avondluchten vulden
met zwoele geur en zacht gegons;
de meregolfjes zongen: 'Gulden',
het lover ruiste: 'God met ons'.

Het Uddelermeer

De Kaapse Bossen

Dit is de plaats waar het gebeurde. Bij zonsondergang lijkt het alsof een holle weg zich heenbuigt naar het later gelegen kreupelhout. De blik stuit op drie dikke beuken, vol en rood belicht wanneer de tijd van het jaar het wil. Dan scheren de laatste zonnestralen over de heuvelkam, en volgen een brede bosweg, die omlaag helt naar het kruispunt waar de beuken staan. Het is een vijfsprong. Men telt daar, behalve de brede zonnebaan: een beukenlaan met karresporen, waar de holle weg de voortzetting van vormt, en een houthakkerspad, dat aan weerskanten sterkt oploopt, rechts naar het bos, links naar een grote, gerooide heidevlakte. Laag en verborgen ligt dit kruispunt. Maar de holle weg loopt lager, en geheimzinniger, en verliest zich in een duister zonder uitkomst, ver achter de drie beuken. Alsof een in brand gestoken beeld van Hekate, de drievuldige, de nacht bezwoer met roetige walm, zo verhoogt hun gloed de schaduwen achter hen. Het is één moment, dan dooft de zon, de drie beuken schrompelen, en maken weer deel uit van de laan. Over drie zuilen stort het drama van licht en donker ineen, een vreemde, nuchtere schemering heerst, de vogels zwijgen, en heel ver hoort men het geknars van een wagen. De vogels zullen altijd zwijgen op deze plek. En met dit zwijgen in het hart daalt men af, met hond en weitas, en men ziet, dat de drie beuken drie beuken onder vele zijn en dat de holle weg niet bestaat, slechts tevoorschijn werd geroepen door een onaanzienlijke verhoging aan één kant die spoedig weer verstrijkt, naarmate men verdergaat. Er is eikehakhout, ontspruitend uit brede, bemoste knoesten, het zacht ratelende herfstloof er nog aan, bruin en onverslijtbaar na de onverwintering; er zijn berken met bruinpaarse takken, uitlopend in het voorjaar. Want dit is de tijd, dat de zonnegeul voor haar taak berekend is, en dan ook het najaar weer, als in een heidens tempelcomplex, waarin de zon tweemaal per jaar een heilige steen beschijnt door smalle spleten. Wanneer men de grintweg is genaderd, onderscheidt men weinig meer, zo donker is het dan geworden. In dit eenzame, grotachtige, iedere avond over sintels ineenstortende boslandschap vindt men de resten van oude buitens en kastelen: onverwacht een rododendrongroep, vijvertjes, stenen bekkens, aangeplempt met rottende blaren. De beuketakken zijn er soms vast in elkaar verstrengeld en met brede zuiglippen aan elkaar gehecht.
(fragment)

Huisbewaarder

De huisbewaarder van het hol kasteel
– de adel zit op flatjes in de stad
zolang de staat zich aan hun bloed bezat,
het blauwe, dat ik rechtens met ze deel –

de huisbewaarder hokt voor evenveel
als mol in 't souterrain. Boven hem staat
de doem van zestig kamers. Grauw en geel
beschimmelt in de hal het tafereel
'de wilde jacht' waarover ik het had.

's Nachts daalt een vrouwenschim de trappen neer,
beschouwt langdurig ieder onderdeel
en lost volledig op in het geheel.
Onder de hoezen giegelt meubilair.
Ik hoor een jachthoorn achter het paneel.
Het is een haan die kraait; een haan van keel.

Spookhuizen staan langs stille weteringen,
hun dode ogen binnenwaarts gekeerd;
tot conferentieoord gedegradeerd
voor volksdans en wereldverbeteringen.

Had ik het mijne toch bijtijds verkocht
en in Amerika m'n heil gezocht.

Sterkenburg

Herinnering aan Holland

Denkend aan Holland
zie ik brede rivieren
traag door oneindig
laagland gaan,
rijen ondenkbaar
ijle populieren
als hoge pluimen
aan den einder staan;
en in de geweldige
ruimte verzonken
de boerderijen
verspreid door het land,
boomgroepen, dorpen,
geknotte torens,
kerken en olmen
in een groots verband.
de lucht hangt er laag
en de zon wordt er langzaam
in grijze veelkleurige
dampen gesmoord,
en in alle gewesten
wordt de stem van het water
met zijn eeuwige rampen
gevreesd en gehoord.

Oud-Zuilen aan de Vecht

Dat kleine Zuilen vind ik nu het allermooiste dorpje aan de Vecht. 't Ligt open en bloot aan 't heldere water, want de Vecht heeft al lang zijn Utrechtsche troebeligheid overwonnen. Aardig kerkje, mooi rechthuis, kleurige daakjes, rood met wit geblokte vensterluiken, zwaar geboomte op beide oevers en ja, tusschen de boomen van den rechteroever door schemert het oud kasteel, dat, al is het in de achttiende eeuw gerestaureerd, toch nog sterk herinnert aan de middeleeuwen.

Het bosch op den linkeroever is afkomstig van een oud buiten. Onze 'Zegepraalende Vecht' vertelt ons, dat daar in 1704 het huis stond van mademoiselle Du Pon en een groot huis was 't ook, met stallen en een theehuisje, alles naar behooren. Maar de boomen waren toen nog maar klein; nu zijn het echte woudreuzen en de heele plek is boschachtig geworden, want nu, op den zonnigen Aprilmorgen, bloeien daar duizenden en duizenden boschanemoontjes.

De klapbrug overgaand bereiken we het eigenlijke dorp, dat dichtbij al even aardig is als uit de verte en van al de mooie geveltjes noteeren we even dat van 'Swaenevecht' met zijn indrukwekkende deur en den gevelsteen met de twee vriendelijke zwanen.

En nu gaan we dwalen om het slot, dat recht en slank uit zijn grachten verrijst met vele torentjes, die in de heldere lucht omhoog steken. Claas Bruin vertelt, dat 't al in 838 genoemd werd en 't spelde toen 'Thule'; ook was het nog geen steenen slot. Het is achtereenvolgens geweest in bezit van verschillende families: o.a. heeft het behoord aan Frank van Borsselen, den laatsten man van Jacoba van Beieren, waar we altijd zoo'n medelijden mee gehad hebben, met Jacoba bedoel ik. Het zeggen gaat zelfs, dat hier op Zuilen nog een moerbeiboom staat, die door Jacoba zelf is geplant; daar zouden we nog naar kunnen zoeken, als we den tijd hadden.

Ze mogen zeggen van Jacoba wat ze willen, maar 't is zeer stellig een aardige vrouw geweest met veel liefhebberij en ik kan mij gemakkelijk voorstellen, dat ze hier in den slottuin allerlei aardige dingen heeft geplant. Misschien ook waren er toen al steenbakkerijen langs de Vecht – er is er thans nog een in Zuilen – en daar is ze misschien ook aan 't kannetjes bakken geweest, evenals later daar in de buurt van Leiden, toen ze op Teylingen woonde.

Als het een zwarte moerbei is, kan ik gelooven dat Jacoba hem heeft geplant; de witte, die het beste voedsel oplevert voor de zijdewormen, is eerst omstreeks het midden van de veertiende eeuw in Noord-Italië aangeplant en zoo vlug ging het in dien tijd niet, dat dan al zestig of zeventig jaar later onze gravinnen al met stekjes van zoo'n boom rondliepen. Toch deed men op die kasteelen en ook in de kloosters veel aan tuinbouw; aan de liefhebberij der middeleeuwen danken wij menige mooie bloem, die thans een sieraad is van onze velden, wegen en waterkanten. Daarvan zullen we langs de Vecht nog voorbeelden genoeg ontmoeten.

Er is op 't Slot nog heel wat meer te zien, want de bezitters waren over 't algemeen zeer welvarend en het heeft weinig of niet te lijden gehad van de oorlogsrampen, waardoor andere Vechtkasteelen getroffen zijn. Er is al heel wat gevochten langs die Vecht. Utrecht en Holland hebben zoowat altijd met elkaar overhoop gelegen, zelfs nog in de dagen van de Republiek. In de eerste jaren van den tachtigjarigen oorlog heeft het er ook nog al eens gespookt, maar 't meest heeft de streek te lijden gehad in het ongeluksjaar 1672, toen tusschen Utrecht en Nieuwersluis vrijwel alles is platgebrand. Het slot Zuilen heeft daar toen niet van te lijden gehad en daaraan hebben we 't wel voor een groot deel te danken, dat het van binnen nog zoo rijk en belangwekkend is.

De muren en torens zijn prachtig begroeid met allerlei klimplanten, de wachttoren bij den ingang gaat er bijna geheel onder schuil. De grachtzoom zelf is als een woudrand geworden, beschaduwd door zware iepen en eiken en op den grond

Slot Zuylen

schitteren weer de witte sterretjes van duizenden anemonen of de gele plakkaten van bloeiend speenkruid. Behalve het eigenlijke slotpark ligt er nog een mooi boschje wat meer zuidoostwaarts op Utrecht aan en alles met alles zijn deze Zuilensche bosschen het eerste perceeltje hout van beteekenis, dat de trekvogels te zien krijgen, wanneer ze in het voorjaar uit het Zuidoosten komen opdagen en de wouden van Zeist en de Bilt gepasseerd zijn.

Dat worden wij op dezen vroegen Aprilmorgen ook gewaar, want het heele bosch wemelt van vogels. Nog voor we ze te zien krijgen, hoorden we het onophoudelijk welluidend gekweel in de twijgen. Daar zaten wel tweeduizend koperwieken verspreid in de kronen der boomen of in de takken van de lage heesters. Allen tegelijk zongen door elkaar een zacht zwatelend liedje. Die in den helderen zonneschijn zaten, vertoonden duidelijk hun lichtgele wenkbrauwen en de groote roodbruine vlekken opzij, waaraan zij den naam van koperwieken te danken hebben. Wij waren blij, ze hier te ontmoeten, vooral omdat ze denzelfden weg opgingen. Vinken schetterden, roodborstjes zongen en merels floten en op den grond gonsden bonte hommels over de paarse trossen van de helmbloem, een echte plant van kloostertuinen en slotparken en die de heele Vechtstreek door in al de oude tuinen bloeit.

Achter het slot om gaat de Groene weg, hier een zwart sintelwegje, omzoomd met knotwilgen en met een breede sloot aan de noordzij, die van afstand tot afstand bij de boerderijen overbrugd is. Een van de bruggetjes heeft een witte leuning, juist wat we noodig hebben op dit donkere weggetje onder de hooge boomen. Na al de pracht van 't slotpark lijkt dit landelijke weggetje nog dubbel zoo mooi.

Langs de Vecht

Vrijdag. Met den trein van tien voor tienen van de Muiderpoort naar Abcou. Met fiets. Prachtige diepblauwe lucht, wolkeloos. 's Ochtends nog wat koel, later volop zomer. Naar de Vink. Kopje koffie in den verlaten tuin. Tusschen de knotwilgen van de overzij met hun candelabre takken, door, gekeken over de met helder-schoone koeien bestippelde gouden en eindelooze weilanden en de zoo blauwe hooge lucht. Door het tolhek. Wilgenlaan prachtig. Gezicht op Abcou! Het watertje bij het fort diep blauw. Alles ver en diep, het laantje hoog, als verre afsluiting. Et tout d'un coup, d'un fol éclat, s'en va mon cœur. Zon op de Vecht. Langs het kromme pad naar Vreeland. Overal tintelingen op de blaadjes, in de slootjes, op de Vecht en een wijde wereld, en dan weer beslotenheid. Elk endje weg, tot de volgende bocht, langzaam verwerkt. Veel afgestapt. De eeuwige rivier, zoo stil en zacht of je erin wonen kon. Overal nymphen. Geen menschen. Die hooge bijna kale poppels aan den overkant, zoo hoog en zoo rank, en dun, alleen van boven nog veel blad, een rideau van Egyptische tooverboomen, pharao stapte er tusschen. Een nymph steeg uit het water met opgeheven armen. Voorbij de tweede molen, ver over de blauwe rivier. Nederhorst den Berg, kasteel, twee torens, eetbaar. Rij poppels op het gras nog frisch en vol in 't blad, zagen er eeuwig uit.

Bij den boomgaard der gelukzaligen aan den weg gezeten op het gras met m'n rug tegen een wilg en pijpjes gerookt en onder de boomen door gekeken. Hier en daar nog wat appeltjes in de boomen. Muggen dansten, er vloog nog een citroen-vlinder. Verderop: gezicht op Abcou en Kortenhoef. Verderop: dat meertje van de Vecht, onbestaanbaar blauw. Thee in Vreeland voor de Nederlanden, nep. Toen zeer warm. Zelfden oever gehouden, in Loenen door dat straatje. Trein van één minuut voor half drie naar Muiderpoort.

Het landschap lag buiten alle plaats en tijd.

13 oktober 1950

Frederik van Eeden

Ook is er veel opwekkends en moois. Gister deden we een fietstocht met Paul en Jolles, langs de Vecht. Dat was zonnig en schitterend mooi, het blauwe water en het eerste groen. Het kasteeltje Oudaan aan de Vecht bracht zulk een eigenaardigen indruk te weeg, als vroeger meestal alleen in de herfst ontstond, door de ruïne van Brederode b.v. Die vervult mij dan dagen nog.

maandag 16 april 1906

Frans Bastiaanse

De Vecht

Er ligt een landhuis aan den stroom, verlaten;
Verbleekt, met donkre luiken, staart het blind,
En laat den stroom, die eenzaam voortglijdt, praten
En luister niet naar 't fluist'ren van den wind.
Maar vroeger, toen Hoogmogenden der Staten
Daar in den zomer poosden van 't bewind,
En staat en krijg voor huis en vreê vergaten,
En kind'ren stoeiden over 't melkwit grint,
Toen leefde 't Huis en de bevolkte stroom
Wiegde de schepen, die blank-zeilig gleden,
Vredig van gang naar 't schatrijk Amsterdam;
Nu droomt het landhuis daar zijn eeuw'gen droom
Van eindloos heimwee naar die lang geleden
Glorievolle eeuw, die nimmer wederkwam.

Oudaen

De geest van het Spanderswoud

Ga eens uit wandelen in het Spanderswoud
En loop er ontspannen tussen de sparren.
Rek er de tijd, alsof je die herkauwt.
Rustig, bedaard. Wees er eens minder star en

Ingehouden dan in het dagelijks leven:
Tien tegen een dat je de Geest tegen-
Komt, die door het bos bleef zweven,
Ook toen de Welvaart kwam met haar Zegen.

Maar denk niet dat je met hem praten kan.
Rillend zit hij, een godverlaten kwant,
In de hoogste boomtop, daar luid blatend van
Joehoe, met een schuimspaan in zijn hand.

Botshol

Altijd bang in nachtdiep water
dat is bang aan land.

Dit is geen hol, eerder een leegte
geen stootrand voor begrip, begeerte,

noch een grot met ruwe wanden
waarin op de tast.

Zonder randen ligt het zonder
berm, horizon, houvast.

Geen bodem waarop schaduw meevaart.
Helder het zwartst.

Onttrekt zich in verte aan verte
onttrekt zich in vlakte.

Water onder water
luistert niet. Likt niets los.

Buiten-IJ

Bavink en Bekker liepen voorop, daarachter kwam Kees in z'n eentje, mij hadden ze met Hoyer opgescheept. Het was op een middag in November; achter ons stond 't lage zonnetje, midden boven den Zeeburgerdijk. Hoyer liep met z'n jas open, de eenige overjas die we met z'n vijven hadden. Het was een bijzonder mooie, zoele dag. Rechts in de diepte lagen de weilanden, bleekgroen en drassig. Voor ons uit, onder aan den dijk, stonden de boomen van 't Jodenkerkhof hoog en knoestig en hadden een lila weerschijn. Bleekblauw was de lucht boven ons; als wij ons omkeerden, zagen wij de zon in 't Spuikanaal schijnen en op de sjofele houten loodsen aan de overzij, de anders zoo onooglijke, grijze planken blonken in 't licht, de heele wereld om ons heen blonk in 't licht, de aarde gaf licht op en zoo ver als onze oogen reikten was de wereld van ons, en verder.

Wij liepen van de stad af, wij stapten hard, de zolen van Hoyer, die heel waren, klepperden op de keien. Bavink zwaaide z'n stok boven z'n hoofd en ik gaf Hoyer een duw. Wij waren blij en uitbundig om niets, om 't mooie weer, om den zonneschijn, om de lucht om ons heen, die wij ademden en om de lucht boven ons, die wij zagen. Wij gingen uit om de wereld te veroveren; alleen Hoyer geloofde daar niet aan, die wist niet beter dan datti op den Zeeburgerdijk liep, bij de slachtplaats.

Maar toen wij aan 't eind van den dijk kwamen en de Zuiderzee voor ons zagen, toen werd ook Hoyer stil, zoo stil als 't water, dat wittig blauw was, als de lucht er boven. En in 't noorden, achter den strekdam, was 't Buiten-IJ krijtwit. Een vrachtboot en een sleepbootje stoomden er in naar de stad, van oost naar west; zij waren achter den strekdam, maar hun rook zag je weerspiegelen aan deze zijde er van. En een tjalk voer er, met een wit zeil, den schoot over bakboord. En daarachter lag Durgerdam, met z'n kleine huisjes aan den dijk en z'n twee kleine torentjes en wat kale boomen zwart daartusschen en op de reede, heel klein, wat scheepjes, de masten staken schraaltjes in de lucht. Naar rechts, buitengaats was wat rook van stoombooten, die je niet zag.

Groot was God dien middag en goedertieren. Door onze oogen kwam Zijn wereld naar binnen en leefde in onze hoofden. En onze gedachten gingen woordeloos uit over de wereld, ver over den gezichtseinder gingen zij. En zoo vloeiden de wereld en wij beurtelings in elkaar over. Bekker zei datti z'n hart voelde uitzetten en toen ik m'n oogen dicht deed, was 't of m'n hoofd vol goud licht en blauw water was en wonderlijke rillingen gingen door m'n ruggemerg. Ik voelde daar de wereld, die om mij lag.

(fragment)

Durgerdam

Schoorl

Het laatste eenigzins teekenachtige dorp aan Hollands westelijken kustkant is zonder twijfel het armelijk Schoorl. Het ligt aan den voet der duinen, ter plaatse waar die het allerbreedst zijn, om by Kamp plotseling geheel af te breken, en tot aan Petten toe het land hunne bescherming te onttrekken, en dat groote open daar te stellen, hetwelk de beroemde Hondsbossche zeeweering, tot welker instandhouding zooveel paalwerk en zooveel maaltijden onvermijdelijk zijn, noodzakelijk maakt. Even als in het aangrenzend Bergen, treft hier den wandelaar het aangenaam schouwspel eener hooge, met digt kreupelhout en koele bosschaadjen bewassen duinhelling, en van die heerlijkheid, welke BORSELENS, BREDERODES en NASSAUS onder hare vroegere bezitters telt, af, tot aan ons klein Schoorl toe, gaat men, langs een bevallig slingerenden zandweg, altijd ter wederzijde in de schaduw van eiken, iepen, berken en allerlei geboomte, langs welks stammen zich hier en daar het klare duinwater in kronkelende beekjens voortdringt, en waartusschen zich ter wederzijde, van afstand tot afstand, de kleine stulpjens der bewoners vertoonen, aan de oostzijde niet zelden half in het duin begraven, en van boven graauw van bloeiende mossen en knoestige zwam.

Ten einde van dit aangenaam pad steekt het groene torentjen van Schoorl spits in de hoogte, om op het eigenlijk dorp en zijn vele graanakkers neder te zien, waar de gort geoogst wordt, die tot de vermaardheden der Alkmaarsche markt behoort. Die deze liefelijke bosschaadjen doorwandeld heeft, en, na zich eerst in den koelen lommer en daarna in de eenige herberg van het dorp te hebben verkwikt, nog hooger noordwaarts op wil, moet eerst zijne rekening met het geboomte sluiten; want hem toeft niet anders dan het Hondsbosch, dat in het geheel geen bosch is, daarna de Zijpe, Westfrieslands grootste drooggemaakte vlakten, en dan de woestijn van het Koegras, totdat hy by den Helder in het Marsdiep staat te staren, en aan den oostkant het eiland Texel ziet opdoemen, waarvan reizigers verzekeren, dat er een lief boschje bestaat tusschen de Burcht en het Schild, nietig overschot van vroegere woudpracht!

(fragment)

Een winter aan zee

I

Eens liep zij hoog te spreken
langs de Noordzee; een dag
kermde er om aan te breken –
zij overstemde hem,
sprekend nog met de nacht.
Sinds haar de stad doorzwijmelt
klimt op de kou om mijn stem
een meeuw, en kermt en tuimelt.

Indische duinen

Mijn dorp in het najaar. Een kom vergeten huizen in de mist. Ons huis lag buiten de kern, tegenover het bos en de stal met de reddingspaarden. Het dak was een boei in de duinen, rood en breed. Het klokhuis op de nok had zijn bel verloren, omgesmolten tot Duitse kogels. Als je erin klom zag je de zee en de watertank voor de stoomtram.

De laatste badgast was vertrokken, de zomerhuizen stonden leeg en de zee lichtte voor de laatste maal. Mijn zusters zaten op de middelbare school in de stad en speelden nooit meer buiten. Ook de andere kinderen uit het koloniehuis waren te oud. Mijn vader en moeder kleumden bij de kachel.

In het najaar waren de duinen weer van mij, als de stormen het zand opjoegen – zand dat in je wangen beet en je ogen deed tranen, zodat je alles dubbel zag: twee vuurtorens, twee strandpaviljoens, twee paardestallen, twee keer je eigen voetstap. Een dubbel landschap, met niemand te delen.

(fragment)

Landrust

My lust, my in de schaaûw der beuken te vermeiden,
   Of onder 't groen verdek, van latwerk saamgesteld;
Van waar ik 't zwervend vee zie grazen door de weiden,
   Tot daar 't verflaauwend duin in blaauwe zee versmelt;
Waar dichte koppels van gevogelt' wildzang kwelen,
   Die 't algemeen gevoel van blijdschap openbaart;
En waar men 't loeien hoort der rundren, onder 't spelen,
   't Geblaat van 't minzaam lam, en 't brieschen van het paard.
Daar kleppert de oievaar, den gorgel opgeheven;
   Rikkikt de heesche vorsch in zijn bekroosden poel;
En geeft de leeuwerik, in 't bogtig opwaart zweven,
   Door de eêlheid van zijn' zang aan lucht en zwerk gevoel.
En daar het eendtjen kwaakt, verwaand op haar pluimaadje,
   Daar gaggelt, by de zwaan, de gans met dof misbaar;
Daar zucht de tortelduif in 't hoogst der olmboschaadje;
   En bootst des exters klap des menschen tongval naar:
Tot dat een wreede gier hun zangen koomt verstoren,
   Of kiekendief, de schrik der sidderende duif;
Of hongerige wouw de hen, die korts te voren
   Nog kakelde, verscheurt met kromme bek en kluiv'.

(fragment)

De Beemster

De Windvorst, om de rouw van Hollands Maagd te paaien,
Vermits door storm op storm zij schade en inbreuk leê,
Schoot molenwieken aan, en maalde, na lang draaien,
De Beemster tot een beemd en loosde 't meer in zee.
De zon, verwonderd, zag de klei, nog brak van baren,
En droogde ze af en schonk ze een groene staatsiekeurs,
Vol bloemen geborduurd, vol loovren, ooft en aren
En, tooiende heur haar, bestrooide het vol geurs.
De room- en boterbron kwam uit haar borsten springen.
Het vissig lijf werd vlees, nog maagd en ongerept.
Haar voorhoofds torenkroon kwam door de wolken dringen:
Gelijk gemeenlijk weelde in hoogheid wellust schept.
Hier jaagt de windhond 't wild, hier rijdt de koets uit spelen;
Men danst, men banketteert in 's koopmans rijke buurt.
Hier lacht de gouden tijd in lieve lustpriëelen,
Die voor geen oorlog schrikt, noch kiel op klippen stuurt.
Versier van Cypris, hoe zij Cypers kwam bekoren:
Ik weet, dat dées Godin uit zeeschuim is geboren.

Hollandse duinzang

't Was een adem des levens, zoo koel en zoo blij!
'k Mogt op thijm en in bloemengeur treden:
'k Had het woud met zijn toppen en wildzang nabij,
En zoet Holland lag voor mij beneden.

Lief tooneel van genoegen, van welvaart en vlijt,
Bij den vreemdling met eerbied te naadren,
Uit het braambosch en lisch van den vroegeren tijd,
Dus gewrocht door de deugd onzer Vaadren!

Hoe bekoorlijk en bloeijend vertoont gij U thans,
Hoe zoo anders gesteld dan te voren,
Toen de zwierende lok met den goudgelen glans,
Uwen Duinheer van 't hoofd werd geschoren.

Want ook hij hield getrouw met CIVILIS den eed,
Als de jagtspriet, ten krijg nu geheven,
Als de pijl, voor konijnen en hinden gesmeed,
Romes keurling in 't hart werd gedreven:

Dies weêrgalmde zijn lof door het heilige bosch,
Dat met vreugd hem de schuld zag betalen,
En de jagt ging weêr blij over 't krakende mos,
En door 't wilde van duinen en dalen.

Nog is jagt hier genoeglijk en 't weispel in eer,
Bij wie rustig de leden wil reppen,
En met ijver geklouterd duin op en duin neer,
Zich uit moeite vermaak weet te scheppen:

Als de haas, hoe ook snel, door het snellere lood,
Wordt gestuit in zijn vaardige sprongen,
Of het veldhoen, verrast van een haastigen dood,
In zijn snorrende vlugt is bedwongen.

Nog is lust en vermaak hier bij 's vogelaars net,
Aan den houtrijken heuvel, te zoeken;
Als de baan is gespreid, en de roerstok gezet,
En hij vink weêr met vink gaat verkloeken;

Als bij 't wanken en 't wenken van 't jaar, dat verschiet,
Alles leeft en zich spoedt aan den hemel,
Als in heg en struik, en bij beek bij vliet,
Alles tiert van gekwink en gewemel;

Als in toppen, nu prijkend met rood en met goud,
Elke twijg van 't gewoel wordt bewogen,
En, niet min dan in bloeitijd, het Hollandsche woud,
Mag op vrolijke wildzangen bogen.

Maar wie thans aan den duinweg bij 't vinkgetouw wacht,
Of den lijsterboog hangt in 't gebladert,
Of heromdoolt met weitasch en vuurroer bevracht,
Tot hij wildbuit en zweet zich vergadert:

Hem verkwikt van omlaag het zoo streelend gezigt,
Van die weiden, en hoeven, en dreven
Die de kunst voor natuur tot een hof hier gesticht,
En aan vrijheid ter woon heeft gegeven.

(fragment)

Vogelenzang

Na Vogelenzang gaat de weg langs oud weidegebied tussen hoge loofbossen. Prachtige verhoudingen tussen beemd en bomen. Hier en daar een havezate. Ik ken dit landschap op mijn duimpje, maar het blijft ontroeren. We hebben hier wel eens met de fiets in de hand een halfuur staan kijken. Slanke paarden stonden in grondmist. Sierlijk dreven hun donkere lijven in lichtgevende melk. Ze bogen als zwanen hun hoofd naar het verre gras. Daarboven was de lucht blauw. Ik kon niets zeggen. Een weerspannig romanticus noemde mijn vrouw me. Dat ben ik misschien ook wel. Ze had soms gelijk. De wind is gaan liggen. Wie weet wordt het een mooie dag.

(fragment)

WILLEM VAN TOORN

Haarlemmermeer

Zoals een man ongeveer
die in een huis vol dode
maar nog warme herinneringen
één leeg vertrek, zonder dingen
van gisteren, wil bewonen,
leven wij in dit lege meer:
afwezig water, een bodem
onder de voeten, niet meer.

's Nachts krast de wind, gekomen
over ouder land, wellicht
sporen van een dood gezicht,
een vergane stem in het raam.
Waait hij naar de slaap over
resten van waterrovers,
vissen in droogte gestikt
ter hoogte van dit gedicht.

Morgen vind ik een scherf
half in de grond, gekerfd
met tekens van eeuwen geleden,
door geen mens meer te lezen.

In onze dromen later
stort de dijk in, stijgt het water.

De ruïne van Warmond

Toen maakte ik meteen voor de eerstkomende vrije middag een afspraak met haar om naar de ruïne in Warmond te gaan. Op de terugweg was ik zo verliefd dat ik niet eens meer wist hoe ze eruitzag. Steeds probeerde ik me haar gezicht te herinneren, maar het ging niet. Ik zag gewoon een mopshondje of een bloem of een ander willekeurig ding. Op de afgesproken middag stond ik al een half uur voor tijd op de tramhalte te wachten, en drie uur later stond ik er nog. Op den duur was ik zo verblind door verlangen dat ik een oud vrouwtje dat uit de tram op mij af gekomen zou zijn, omhelsd zou hebben. De volgende dag stond ik er weer want ik dacht, misschien heeft ze wel zaterdagmiddag bedoeld, dan heeft iedereen vrij. Maandagavond na de les zei ze dat ze niet weg had gemogen van huis, maar dat ze zaterdag zeker zou komen. En toen kwam ze ook. Met trillende hand hielp ik haar galant uit de tram en onwennig en weinig spraakzaam liepen we naast elkaar naar Warmond. Als mijn hand onder het lopen tegen de hare kwam schoven we allebei een beetje uit elkaar, maar toen ik haar bij de ruïne in de nis liet kijken met bruine botten en schedels van de geruimde graven van het kerkhof, sloeg ze ineens haar arm om mijn middel. En daar liet ze hem toen het al niet meer nodig was, zodat ik toen we naar de toren liepen een klein pasje extra moest maken omdat onze dijbenen tegen elkaar kwamen. Toen merkte ze het pas en liet haar arm onhandig langs mijn lichaam naar beneden zakken. Ze bukte zich meteen naar een bloemetje waarvan ik gelukkig de naam wist. Ik maakte de deur van de toren open en ging haar voor de wenteltrap op, maar bij de ladder naar het uiterste puntje van de toren liet ik haar voor me omhoog klimmen. Boven me zag ik haar dijen in de roze schemer van haar rok langs elkaar schuiven. Op het gammele zoldertje peuterde ik een uilebal voor haar open en liet haar zien dat die vol zat met kleine botjes en muizenkaakjes met blinkende tandjes erin. Met een vies gezicht zei ze dat ik mijn handen moest wassen, maar toen we naast elkaar door een van de kleine raampjes over de omgeving keken was ze dat al vergeten, want toen ik haar hand voorzichtig beetpakte trok ze die niet terug. Ze draaide hem om, omdat ik aan de verkeerde kant mijn vingers tussen de hare had gestoken en ging ineens met haar spitse nagels onder mijn afgebroken nagels. Ik rilde, zodat ze vroeg of ik het koud had. Ik wees haar een reiger die zo vlak langs de grond zweefde dat het leek of hij door zijn eigen schaduw achterna werd gezeten. En we zagen twee priesters in hun zwarte gewaden in het weiland achter het seminarie. Ze gaven elkaar een hand en bleven zo heel lang staan alsof ze elkaar nooit meer zouden zien. Toen gingen ze allebei een andere kant op met fladderende rokken door het groene gras. Daar lagen we even later samen in aan de slootkant.

(fragment)

Goal!

Ik had andere plannen, ik was alleen maar even op de Hollandse Kade om de hond uit te laten.

Weer die tranenverwekkende noordenwind en het was nauwelijks boven nul; tegen de elzestronken lagen de verwaterde resten van gevallen hagelstenen. Maar de lucht was leeggeblazen, de polder lag in de zon, overal roepende grutto's en buitelende kieviten.

De noordelijke horizon begon te verdonkeren. Daar rees een muur op van blauwe wolken, het blauw van een dichtgeslagen oog, hier en daar al verneveld door valstrepen. Het was duidelijk wat er ging gebeuren, ook duidelijk dat er in dit open en eerlijke landschap niet aan te ontkomen viel.

Toch nog plotseling, zegt men dan in overlijdensberichten. Toch nog plotseling vielen met een nijdige rukwind de eerste regendruppels. Daarna hagel. Daarna sneeuw. En tot verontwaardiging van Rekel een donderslag. Dat doet hij nog steeds, bij onweer rent hij woest heen en weer om te zien wie 'm dat flikt.

Tien minuten, schat ik. Toen was het over. Toen verbreidde zich vanuit het noorden een nieuwe helderheid. Toen ook klom de eerste grutto alweer naar de hemel. Er zijn er vast al die op eieren zitten.

Wat bleef hangen was een gewaarwording van terloopsheid, van achteloos gemak. Zo'n bui is als de grijns van Van Basten bij zijn beste doelpunten.

De Hollandse Kade

Het huis, aan den Rhijn gelegen en daarom den naam van Rhijnvliet dragende, was niet zoo zeer aanzienlijk door eene noodelooze kostbaarheid, als aangenaam door eene bekwame gerieflijkheid; overal net zonder malle zindelijkheid, en bruikbaar zonder havelooze slordigheid; niet zoo puntig dat men er geen voet durfde neerzetten, en ook niet zoo beslobberd dat men zich behoefde te ontzien om er in te gaan. In alles was meer op gemak dan op pracht, op dienstigheid dan op sierlijkheid gelet, en voor een landhuis ontbrak er niets aan dan het tegenwoordig oog des meesters, ten einde de bruikers bij hunnen pligt te houden van niet te laten vervallen, wat zij in hun geheel gevonden hadden. Van achteren en aan de zijden werd het door zijne toebehoorende landouwen omringd, waarop het nu reeds bijna rijpe koren, met neergebogene volle aren, eene in het oog vallende getuigenis gaf van de vruchtbaarheid der akkers, en de gladde welgevoede koeijen, hetzelfde deden van de vetheid der grasrijke weiden. Van voren lag het beschaduwd in zijn geboomte, het geboomte besloten met een hek, en het hek belend aan den wagenweg, waar langs alles voorbij moest, dat op de vermaarde paardenmarkt van Valkenburg wilde zijn. Over den weg had het zijne boomgaarden, waarin de verscheidenheid van het half volwassen ooft niet minder aangenaam was dan de verscheidenheid der boomen, waaraan het groeide. Langs heen vloeide de trage Rhijn, die met zijne langzaamheid als het ware het vermaak te kennen gaf, dat hij er in schepte om dit vrolijke gewest te bevochtigen. Maar boven alles aangenaam was een kleine inham, dien het water met eenen aanminnigen toedruk tusschen het lieve groen gemaakt had, en waarover heen eenige wilgenboomen hunne bebladerde toppen bogen, alsof zij zich daarin wilden spiegelen en bij dien spiegel hunne groene tuiltjes in elkander vlechten.

(fragment)

Aan den Rijn, in de lente van het jaar 1820

Zoo rust dan eindlijk 't ruwe Noorden
Van hageljagt en stormgeloei,
En rolt de Rijn weêr langs zijn boorden,
Ontslagen van de winterboei.
Zijn waatren drenken de oude zoomen,
En 't landvolk, spelende aan zijn vloed,
Brengt vader Rijn den lentegroet,
Als grootvorst van Europa's stroomen,
Die, van der Alpen top gedaald,
De stranden kust of scheurt de dijken,
De wereld splitst in koningrijken,
En 't vorstlijk regtsgebied bepaalt.

Ook ik heb onbewolkte dagen
Aan dezen oever doorgebragt,
En warm heeft mij het hart geslagen,
Bij 't levenslot, mij toegedacht.
Een morgen gronds, een kleine woning
Verheerlijkt door de liefde en trouw,
Was mij en mijne brave Vrouw
De lusthof van den rijksten koning;
Als wij, in 't kunsteloos prieel,
Of onder 't ruim der starredaken,
Van God en 't eeuwig leven spraken,
En dankten voor 't bescheiden deel.

(fragment)

Rhijnhof

NICOLAAS BEETS

In de Rijnkom

Hemelvaartsdag. In de vroegte, met *Gewin* en *Hasebroek* in een bootje den Rijn afgevaren, tot voorbij 't Haagsche Schouw. Ontbeten in den Rijnkom, tegen den oever onder 't overhangend lommer. Onder begunstiging van 't heerlijkste weder van daar voortgeroeid tot voorbij Rijnsburg, waar wij ons opnieuw versterken onder 't geboomte van eens anders mans hof. Eindelijk tot Katwijk binnen geroeid. De Kerk bezocht. Gewandeld naar Katwijk buiten. Met H. een bad genomen in de open zee. Te Katwijk-buiten gedineerd. Teruggewandeld naar Katwijk-binnen. Partij billiard. Tegen zes uren weggeroeid. Op dezelfde plekjes als 's morgens vertoefd. Dag van weelde en genot.

Allerliefelijkst weêr; bloeiende natuur rondom ons; innige vriendschap en eenstemmigheid onder ons. De woorden van *Tollens* op onze lippen en in ons hart:

> O God, wat is Uw schepping schoon,
> Wat zijn Uw werken wonder!

en

> Gij hebt deze aard zoo schoon gemaakt
> En mij zoo rijk in zegen.

8 mei 1834

Natuurlijke historie van de Noordzee

Strand sinds Wladiwostok,
En een teen blauw als de vakantielucht gestoten
Aan beton uit oorlogen onder het zand.
En met frisdrankdoppen onontbeerlijk teer
Schrapen van voetzolen, achter de horizon
Onweer van bommenwerpers.
En heel de verzengende transistordag
Per seconde gefotografeerd: hoe ver,
Ver en ongewild op muren straks op dia's:
In de zandlopermijn, onopgemerkt
Onder het reclamevliegtuig naast de torenflat
Waar kinderen op het dakterras auto's tellen,
Verstard achter gepekeld glas –

daar waar Huygens' vlieger,
De Draeck, steeg boven lege kust in zomerzon.
Gelaarsd, gelubd vierde hij zijn lijn,
Alleen met de branding. In zee
Slingerende zeilen van de v.o.c.

Staat daar straks
De eerste meeuw weer stil in de wind, in de zilte
Tijd van een naamloze eeuw?

Boutade

O land van mest en mist, van vuilen, kouden regen,
Doorsijperd stukske grond, vol killen dauw en damp,
Vol vuns, onpeilbaar slijk en ondoorwaadbre wegen,
Vol jicht en parapluies, vol kiespijn en vol kramp!

O saaie brij-moeras, o erf van overschoenen,
Van kikkers, baggerlui, schoenlappers, moddergoôn,
Van eenden groot en klein, in allerlei fatsoenen,
Ontvang het najaarswee van uw verkouden zoon!

Uw kliemerig klimaat maakt mij het bloed in de aderen
Tot modder; 'k heb geen lied, geen honger, vreugd noch vreê.
Trek overschoenen aan, gewijde grond der Vaderen,
Gij – niet op mijn verzoek – ontwoekerd aan de zee.

Leiden – Den Haag

't Was koud. Je kwam me op het tuinpad met
een ijsmuts achterna gehold, wat lief was en
ik ook wel vond. Kuste me op m'n mond. Maar
's avonds had je me niet zien liggen, hoe erg
ik toen je eigen warmte wou en nu nog steeds
geen blauwe ijsmuts wil maar jou in dat
ijskoude schuurtje van ons. Wie ben je toch,
dacht ik, in Voorschoten nog maar, dat je
wie je bemint met honger voedt? In Wassenaar
al, dat er van ons allen altijd niet, of niet
genoeg, gehouden wordt, te veel of fout.
En, buiten adem in Den Haag, een uur of negen,
wist ik dat niet alleen de liefde ons niet past
maar zelfs, bij uitbreiding, het hele leven.
Stalde mijn fiets. Kon er weer even tegen.

Duivenvoorde, tussen Leiden en Den Haag

Achter mijn moeder wandel ik over de ruwe, vuilwitte tegels die een recht pad vormen door het weiland. Soms worden de tegels onderbroken door twee naast elkaar liggende planken over een sloot, planken die een enkele keer zelfs aan één zijde een leuning dragen. Bij het tegelpad gaan de vele prikkeldraadversperringen, die ieder een deel van de tocht markeren, over in houten, bruingeteerde hekjes die haast altijd schuin hangen zodat ze vanzelf achter ons dichtklappen als wij voorbijgaan. Het overvloedige zonlicht op de weilanden geeft me het gevoel dat het al zomer is. Nog steeds groeit er speenkruid langs de sloten en de eerste paardebloemen komen op. Zo ver ik kijken kan zie ik kievíten die bedrijvig rondlopen of snel overvliegen. En bij haast elk gedeelte van onze tocht worden we begeleid door hoog in de lucht en soms zelfs vrij laag vliegende en tegelijkertijd scheldende grutto's. De koeien staren ons aan als we voorbijgaan, soms lopen ze een eindje in onze richting, schudden dan hun koppen en kijken verbaasd naar ons alsof ze nog nooit mensen gezien hebben.

'Zou je bang zijn voor de koeien als je alleen was?' vraagt mijn moeder.

'Nee,' zeg ik.

'Je moet elke dag over dit pad lopen, zul je voorzichtig zijn bij de sloten?'

'Ja,' zeg ik.

'Moet ik je vanmiddag uit school halen?'

'Nee, ik kan de weg best alleen vinden.'

'Het is niet moeilijk,' zegt ze, 'het tegelpad komt uit op het schoolplein.'

[...]

Bij elk van de tegels waaruit het pad bestaat, ontstaat in de loop der jaren een klein stukje geschiedenis, meer geschiedenis tijdens de tocht van school naar huis dan omgekeerd omdat ik kan blijven stilstaan op weg naar huis. Maar ook op de heenweg ontdek ik hoe verschillend de zomers zijn in de zes jaar dat ik over het tegelpad wandel. Elk van die zes zomers, die zes lentes, heeft zijn eigen bloemen en dieren. In het eerste jaar van mijn lange wandelingen is het een voorjaar met veel paardebloemen. Tot ver in de zomer zijn de weilanden goudgeel van de paardebloemen en heerst er een wonderlijke rust in de weilanden. Bij het begin van de herfst, als ik na de vakantie weer naar school ga, stuift het grauwwitte pluis van de uitgebloeide paardebloemen over de weilanden en bedekt het zelfs de sloten. Het jaar daarop is een jaar van boterbloemen en van veel onrust omdat de koeien geen boterbloemen willen eten en veel meer loeien en grazen en lopen dan het jaar daarvoor toen ze malse paardebloemen hadden. Het is net of ik zelf ook onrustiger ben in dat jaar en of zelfs de meesters op school opvliegender zijn, of de onrust in de weilanden op hen overslaat. Als ik in de derde klas zit, is het een jaar van veel zuring terwijl het jaar daarop zo vochtig is dat ik langs elke tegel pissebedden zie lopen. Het jaar van de pissebedden wordt gevolgd door een jaar van spitsmuizen die je niet zien kunt maar waarvan de schrille kreten opklinken uit de ondergroei van de vele kleine bosjes langs het tegelpad.

Bij elk van de tegels hoort ook een weersgesteldheid. Boven sommige tegels lijken wel altijd donderkoppen te hangen en sommige tegels worden voor altijd verbonden met grillige bliksemflitsen boven het rietland. Maar de mooiste tijd van het jaar is toch de nazomer met zijn onwerkelijk blauwe luchten en de lome hitte van de namiddagen. Soms wordt er al voor de vakantie gehooid en steken mannen met naakte bovenlijven grote plukken vergeeld gras omhoog in de trillende lucht en daarna schroeit het zomerzonlicht het dorre gras. Na de zomer met de lange vakantie komt de herfst met de zachte, vaal donkere luchten, de wonderlijk weemoedige stilte, het onbeweeglijke water in de sloten, de licht vochtige atmosfeer met slechts zo nu en dan een kreet van een vogel maar nauwelijks gezang meer, behalve van een enkel roodborstje of een winterkoninkje. In die tijd van het jaar staan de koeien met star geheven kop omhoog als ik over de tegels loop. In de winter verdwijnt het tegelpad soms onder de sneeuw. Als het vriest wandel ik niet over het pad maar schaats ik over één

van de vlieten naar school. Meestal is het dan om vier uur al schemerig en rijd ik in het halfduister terug naar huis tussen het dode riet en niets maakt me gelukkiger dan die schaatstochten als het koud, donker en stil is. Het lijkt wel of alleen ik dan leef, ik zie de witte ademwolkjes voor me, het geluid van de schaatsen is het enige geluid op de wereld, er zijn geen andere mensen meer, alle mensen hebben opgehouden te bestaan behalve mijn moeder. Zelfs de dieren zijn dood. Lang blijft, ook als het weer lente wordt, het heimwee naar die tochten bestaan; het verdwijnt pas als ik half mei de eerste wulp hoor roepen.
(fragment)

Hart en land

Mijn hart wou nergens tieren
En nergens vond het vreê
Dan tusschen uw rivieren
Nabij uw groote zee,
Mijns harten eigen groene land
Dat voor mij dood en leven bant.

De wind zong door de boomen
Tot in mijn stille huis
De stemmen uwer stroomen,
Uw volle zeegeruisch:
Daar brak mijn hart in zangen uit,
Daar werd de stem van 't bloed geluid.

Wel hebt gij mij gegeven
Al wat ik andren bood.
Ik zong van dood en leven,
Van liefdes rijken nood:
Des harten teederste ademhaal,
Hij werd verstaanbaar in uw taal.

Al dieper zoeter wonder
Fluistert uw stem mij voor...
Laat mij niet sterven zonder
Uw levenwekkend koor!
De wind die in uw loover luwt,
Is 't afscheid dat mijn hart niet schuwt.

Walcheren

Land, waarop eeuwig komt gevochten
De zee, met luid geruisch,
Ik zocht geen vreemde op mijn tochten:
Ik kwam bij u naar huis.

Wel kort lag 'k open voor uw zegen,
Die alom mildlijk spruit,
Zooals uw witgeblaakte wegen
Liggen der zon ten buit.

Maar uw schoon beeld heb 'k meegenomen
Naar verre en grijze woon,
Dat, tot ik vreugdig weer zal komen,
'k Mij zelven troostend toon.

Ik ging door vlakke, groene landen
In 't barre middaglicht:
De werkers zwoegden in die branden
Met neergewend gezicht.

Dan kwam 'k aan witte boerderijen
Omtuind door zwaar geblaart
Van hooge boomen, waar het glijen
Der schaduwen was ter aard.

Het erf af klonken de geluiden
Van ongezien bedrijf,
Die heel den zomermiddag duiden:
Van waakhond 't bits gekijf,

Emmergerink, zwenglen van pomp en
Water in doffen val,
Daarna een holle stap van klompen
In echoënden stal.

Toen door het dorpje: groen-en-witte
Luiken voor huisjes klein,
Waar 'k zag nieuwsgierig-spiênden zitten
Achter half-neer gordijn.

Een lage kerk, een vierkant pleintje,
Een grootre huizenrij,
Een herberg met een loovertentje,
Dan was het dorp voorbij.

Maar verder voerde ik mijn gangen,
De duinen door naar 't strand;
Daar zag 'k de zee, zag 'k mijn verlangen,
Omstoven wind me en zand.

De lage zonne blonk als koper,
De lucht vlamde in het rond,
Van zon tot kust bevloerde een looper
Van licht den golvengrond.

Ik mocht dan even wel gaan staren
En langs dit gouden pad
Stille gepeinzen laten varen
Naar andrer landen schat.

(fragment)

Veere

Twee dagen sjouwden Bavink en Japi in Veere rond en toen jijden en jouwden ze elkaar al. Urenlang zaten ze samen op 't dak van 't Hospitaal en keken over Walcheren, over de Kreek en 't Veergat en den ingang van de Oosterschelde en de duinen van Schouwen. En daar had je dikke Jan ook weer, den toren van Zierikzee, nu in 't Noorden. En daar had je Goes en Lange Jan, den toren van Middelburg, de spil van Walcheren, het hart dier wereld. En 't tij kwam in en 't tij ging uit; 't water rees en viel. En iederen avond kwam de manke havenmeester en maakte eerst 't groene lichtje aan op 't Noorderhoofd, de palenwering; en dan kwam i daar af, dan moest i om 't heele haventje heen en dan zag je 'm weer bij den toren en dan maakte-n-i het houten hek open en klom de houten trap op en stak ook 't licht aan den toren aan. En dan zei Japi: 'alweer een dag, meester,' en dan zei de manke havenmeester: 'Ja mijnheer, al weer een.' En als je dan naar den kant van Schouwen keek dan zag je 't draaiende licht aan- en uitgaan. En een uur weg naar zee lag de lichtboei en scheen en doofde. En 't water klotste en rees en daalde, en door de nacht schoof de zon die je niet zag door 't Noorden. En 't laatste licht van den dag schoof mee door 't Noorden en werd 't eerste licht van den nieuwen morgen. Zoo raakte de eene dag aan den anderen, zooals dat in Juni altijd is.

Voor de aarde was de zaak eenvoudig genoeg. Die draaide maar om z'n as en vervolgde z'n baan om de zon en had er geen weet van. Maar de menschen erop tobden met moeite en zorg en veel verdriet door de dagen, alsof 't zonder die moeite, die zorg en dat verdriet geen avond zou worden.

Japi wist wel beter. De zon kwam van zelf wel weer bij de Walchersche duinen in zee terecht. Maar Bavink had 't bij tijden leelijk te pakken.

(fragment)

Hij staat bij de nollen

waar schemer met zweepregen
schuimvlokken scheert van mors land

de polder, een trage geboorte,
keert weer terug tot de zee

;

terwijl
            het springtij met doods mis-
baar hem benadert
nadert hij bevuild, vol slijm en wier de zee
weer   en wikkelt zich
            zonder tover, maar tollend
door zeegras en zilte grond-
zee
            terug
                        in de beschutte windingen
                                                    der ruimteschelp.

De Zak van Zuid-Beveland

Gister met het schetsboek in 'De Poel' en door de Zak van Zuid-Beveland. Prachtige transparante luchten boven de gouden, gesneden korenvelden, omlijst door blauwig, zwaar geboomte. De dijken met hun bloemenweelde vol echt zeldzame planten, als wollige distel, heemst, marjolein, zwart knoopkruid, ruige anjer. De idyllische waterpartijen met hun riet en bomen, het is alles van zo'n rustige schoonheid. Helemaal in overeenstemming met dat landschap liggen de dorpen met hun middeleeuwse dikke kerktorens en kleine huizen, omringd door tuinen waarin nu een massa nazomerbloemen geuren, van die ouderwetse, die je haast nergens meer ziet. In de boomgaarden overdadig veel fruit tussen welkend, dofgroen blad. Een enkel dor blad ritselt over de stille wegen.

Dat alles spreekt van vrede en wekt een groot geluk, ik ben er helemaal thuis en vergeet even de dreiging.

21 augustus 1942

Loevestein

Den volgenden morgen was 't koel, wat winderig, bedekt maar droog. Wij keken het stadje Vianen, en reden toen langs de prachtige, boomrijke dijken naar Gorinchem. Daar aten wij brood aan de Merwede, en gingen per stoomboot naar Woudrichem. Van daar in een roeiboot naar Loevestein, en zagen het slot. Het wijde, open grasveld vóór het slot, alles vol gele bloemen. Alles lucht en licht en groen.

Van Loevestein gingen we terug naar Woudrichem en werden overgezet naar Dalem. Vandaar reden we over Spijk de Linge langs, langs Heukelum en Asperen, Marienweerd, met de prachtige notenboom bosschen en de bloeiende appelboomen door het weelderige land naar Geldermalsen. Daar logies in 't Wapen van Gelderland. Nog laat het dorp en het buiten rondgewandeld. Dinsdag morgen eerst gewandeld, toen over Buurmalsen en Buren naar Wijk bij Duurstede. Het was prachtig weer, helderblauw met lichte, frissche wolken, niet te warm. Alles wemelend van licht en groen en gele bloemen. Wijk b. D. lag zoo heerlijk mooi over de heldere rivier, toen we met de pont overvoeren. Mijn hoofd is als vol schilderijen in één dag. Te veel op eens.

24 mei 1904

Kwart over 10 voor den buitenpoort van Loevestein. De buitenste gracht. De binnenste gracht. Wilgen, populieren en olmen en riet en waterlelies. Kikkers, een houtduif, witjes. Het straatje. Het cafétje. De kop koffie en de prentbriefkaarten en de meegebrachte sprits, onder de kastanje en bij de roosjes. Hooiers zaten op hun platte hooi onder een anderen boom vlakbij. De koekoek. De heer van Andel. Het kasteel bezichtigd van 11 - 12. De fresco'tjes en de uitzichten (Gorinchem, de Brabantsche prairie). De ijzeren punthelm en het sabeltje van den Spaanschen officier, in 1570 gesneuveld. Weer koffie onder de kastanje en meegebracht brood. De wal (gras) en de wilgen en populieren. De rust. La plénitude, secluded en toch in de wereld. Het bestaan komt tot een zin.

juni 1952

Loevestein

Sonnet voor Brabant

Op weg naar Brabant wordt de wereld warmer.
Inniger leven doet zich aan mij voor.
Vanuit de lage hoeven dringt het door
en rekt zich uit in de gestrekte armen

van populieren, duizelend van licht.
Dit licht, ik kom het in de mensen tegen,
ik zie het in hun oogopslag bewegen
en rimpels krijgen op een oud gezicht.

En nergens is het kinderlijk geluid
zo zuiver afgestemd op vogelzingen,
en nergens komen de gewone dingen
zo openhartig voor zichzelve uit.

En nergens ligt een glimlach zo gereed
als waar de wereld land van Brabant heet.

De moeder de vrouw

Ik ging naar Bommel om de brug te zien.
Ik zag de nieuwe brug. Twee overzijden
die elkaar vroeger schenen te vermijden
werden weer vrienden. – Een minuut of tien
dat ik daar lag in 't gras, mijn thee gedronken,
mijn hoofd vol van het landschap wijd en zijd,
laat ik daar midden uit de oneindigheid
een stem vernemen, dat mijn ooren klonken.

Het was een vrouw. Het schip dat zij bevoer
kwam langzaam op den stroom voorbij gevaren.
Zij was alleen aan dek, zij stond aan 't roer,
en wat zij zong hoorde ik dat psalmen waren.
O –, dacht ik, o –, dat daar mijn moeder voer.
Prijs God, zong zij, Zijn hand zal u bewaren.

De brug bij Zaltbommel

Laus Brabantiae

Ik houd van het Brabantse land
door de eeuwen geteisterd, gehard,
als een phoenix verrijst uit den brand,
rees zijn schoonheid uit rampspoed en smart.

Door geen legers van geuzen geknecht
maar versomberd in eeuwen van rouw,
gebeten op vrijheid en recht
maar zijn God en zijn heren getrouw.

Land van vennen en wouden en hei,
rivieren, moerassen en zand,
Peel, Land van Maas, Meierij
en het eenzame Kempenland.

Land van Altena, Biesbos, Breda,
oude zetels van adellijken roem,
schoon is elk oord waar ik ga,
gewijd elke naam dien ik noem.

Heeft weer bloed Uwe akkers gekleurd?
wordt Uw volk door een Nero geknecht?
luister: wat hier in ons land is gebeurd
staat eens, ook op aarde nog, terecht.

Ik houd van dit Brabantse Volk,
van dit land tussen Schelde en Maas,
Zij de Dienstmaagd des Heren zijn tolk
en het Goddelijk Kind zijn solaes.

Dorp aan de rivier

De Maas ligt langs dit dorp. Zij komt er naar toe gestroomd. Zij vloeit er vriendelijk langs. Zij buigt er zich weer van af. Zij ligt in de blanke boorden der verzandingen in haar bochten, in het fluwelen groen van vlak gevlijde uiterwaarden, tussen de welige ruigten der grienden. Een stomertje trekt tegen stroom op. Een schokker ligt pal stil verankerd boven zijn spiegelbeeld, waar trillende rimpels in slaan. De kribben van basalt steken in het water, in de verte ligt een schuit, en over het water gaat nadrukkelijk het verre geratel der kettingen en kabels van het kalme, platte veer, waar mensen stil op staan en een klein paard droomt voor de stille kar. Het dorp ligt achter de dijk, het ligt met een straat, met een lange rij huizen hoog op de dijk. Een spits kerktorentje steekt boven de daken en boven de bomen uit. Een vrouw draagt moeilijk een zware wasmand de uitgelopen treden in de dijkhelling af. Zij gaat haar was bleken. Er zijn de korte stoten van wielslagen, een boer is met zijn kar tot vlak bij het water gereden, hij gaat melkkruiken met Maaswater vullen voor zijn vrouw, die morgen de was moet doen. De Maas brengt wat aan, schepen en schuiten, kasten, aken, schokkers, en stoombootjes uit de vaart op 's-Hertogenbosch en Rotterdam. De Maas neemt wat mee, de herinnering aan het spiegelbeeld van het dorp, en iets van de verdrieten en de vreugden die in de huizen wonen. Zij neemt iets mee, de droom van mensen die de stroom in de avond naderen en naar de verten zien. De Maas kon haar kwaad doen, als ze haar water verbreedde van dijk tot dijk, als de winterstorm het door de dijk heensloeg. Achter de geteisterde dijken sijpelde het water uit honderdduizend bronnen. In de nacht als de dijk brak dan verschoof er iets in de lucht, de huizen trilden van een aardbeving, het donderde in de hemel, het water steeg dreunend over de wegen tot één wijde zee, die was niet te overzien. De wereld lag blank verdronken. De knotwilgen staken hun armoedige vuist schuin boven het water uit. Het water, daken dreven er op, huisraad en verdronken vee, de mensen roeiden naar hun huizen en klommen door het raam in de hooggelegen opkamer, waar zij jammerden over de barre winterse ramp.

Maar als na de maartse winden de warme lente komt, nam de Maas haar overvloed weer in haar boorden terug. Zij versmalde in haar lage bedding, in haar liefelijke vallei. Zij kreeg het beeld van haar zomerse vriendelijkheid in de uitgestrekte vette diepgroene uiterwaarden, waarin de wilgen in hun lichte lover schoon getekend staan en bewegen in de wind, in de zilverig witte, wilde ruigten der grienden. De koeien graasden in de waarden en werden er vet. En in juli kwamen de boeren het goed, kostelijke hooi met geweldige karrenvrachten langs de rivier weghalen. Maar zij betaalden een zware pacht.
(fragment)

Meimorgen in Limburg

Begraaf mijn hoofd in bloemen en verwoest mijn mond:
de morgen schuimt als wijn, de felle hanen kraaien
gelijk voor duizend jaar, en zie ik ben gezond
als d'akkerman die glanzend koren staat te maaien.

Het lauwe bed staat tegen, koele waters doen
het huivrend lijf in zachte zilverscheuten blinken,
wij fluiten Mozart, eten langzaam onder 't groen
des notelaars die trilt van liedren en van vinken.

De heuvels zwellen als de borsten van een bruid,
daarboven staat een oud kasteel vergeefs te dromen,
de aarde orgelt, iedre wegelkant is luid
van bijenzwermen en draagt witte bloesemzomen.

Maar op den top – twee zaligen van zon en blauw,
twee voorjaarskinderen, twee laat gewonnen grieken –
zien wij het dal nog vochtig van den dauw,
de heuvels flank na flank bezaaid met mozaïeken.

Een stier, verbolgen op het roestig kettingband,
koelt in het gras zijn woede met gevelde horens,
hij steigert wild, zijn kop is scheerlings aan den rand
der aarde, waar Maastricht zweeft in een woud van torens.

De mergelkerk, de witte hoeven en de beek,
de populieren waar de zoete wind bleef zingen –
ik wil hier liggen en beminnen tot de streek
zich in mijn allerlaatste vezel neer zal wringen.

Verbonden met de zee, verbonden met het land –
wij leven onverganklijk in dezelfde lente.
Der wereld wanhoop weifelt, schrik neemt overhand –
wij zijn gehoorzaam aan de goede elementen.

Houthem St. Gerlach

Het is een zoele, vochtige Mei-avond in 't Geuldal.

'T Schemert nog wat. In den vooravond heeft 't geregend, de breede grintweg is zwart en nattig. In 't gras bij de heg gloeit een glimworm en dooft en ginds vloeit er weer een en dooft. De hooge populieren op de hellende wei naar de Geul toe ruischen zachtjes, onder de vruchtboomen wordt 't donker. Op de hoogte over de Geul is 't torentje van Berg nog te zien. Er is niemand op den nattigen grintweg. Bij de bocht, waar aan weerszijden huizen zijn en hooge boomen, eindigt hij in duisternis, alsof van daar de nacht over de aarde zal komen.

Voorbij de populieren, naar de bocht toe, gaat een laan van zware kastanjes van den weg af, de oprijlaan van een buiten. Daaronder is 't zwart.

De wind waait door de kruinen, die daarboven in 't licht van den avond zien naar de hoogte, waarachter de dag is heengegaan, daar is nog wat kleurlooze helderheid.

De lenteavond is weemoedig en klaagt, er is weer een dag voorbijgegaan van het leven der levende menschen en de lenteavonden kunnen hun beloften niet vervullen.

Uit de donkere bocht komen twee donkere figuren, een vrouw met een zwart pellerientje en een andere met een mand aan den arm. Ze loopen langzaam wat op en neer en praten zachtjes, daarna knielen ze bij 't kruisbeeld, waar 't nog wat licht is.

Over den weg, van de Geul af, glooien de groene akkers naar boven, halverwege de helling staat 't stationnetje, er schijnt wat licht naar buiten. Daar is de spoorlijn, evenwijdig aan den weg, je ziet de telegraafpalen, de lijn stijgt iets, een rood licht aan een paal is tegen de wittige lucht. Achter 't spoor is weer de glooiing en ergens bovenop een dichte groep donkere populieren om een huis dat je niet ziet.

En rechts, op zij daarvan, een smalle streep avondrood. Ook hier is de lenteavond weemoedig, maar ze klaagt niet, ze belooft, ze weet niet wat, er komt niets van, maar ze kan 't beloven niet laten. Er wordt een trein met gewonden verwacht vannacht, uit Aken, Engelsche gewonden, die over Holland teruggezonden worden, hopeloos verminkten.

Ook in 't hotel aan den weg merk je dat 't oorlog is in 't buitenland. Er is hier volop te eten, er is volop thee, maar Ko zit op z'n kamer bij een eindje kaars en je kunt geen bad nemen, want de pijpen van de waterleiding zijn er niet.

Ko doet z'n kaars uit en staart uit 't raam naar 't roode licht aan de spoorbaan, dat nu rooder brandt, de kleurige streep is er niet meer. Ko is weemoedig en kwaad tegelijk. Hij kent ze wel, die beloften van de lenteavond. Daar ziet i ze weer, twee heupen met een blauw manteltje er over. Het lijkt waarachtig wel een brok van een etalagepop. Een kloksignaal klinkt van 't stationnetje, twee maal. Dat is ten minste een zakelijk geluid, de menschen werken. Wat deed hij hier in z'n eentje? Z'n baas, z'n lessenaar, de brieven op kantoor, z'n tafel en z'n stoelen thuis, de kelners in 'Americain', lijn 9 en lijn 11, daar wist je van wat je der aan had. De grachten zouden nu mooi zijn met 't jonge groen. Hij was een idioot. Toen i over 't Singel wandelde wildeni hier zijn en nu was 't weer niet goed. Een groot woord hatti onder z'n vrinden, maar hier nam alles een loopje met 'm, de lucht, de velden, de boomen: daar was i nou, wat moest i van ze?

(fragment)

Winterlandschap

Vergeefs sla ik gesloten ogen op;
daarmee sluit mij het landschap in zich op
dat mij voor dag en dauw en kou voor ogen stond:

een man fietste voor 't laatst de polder in
op zoek naar stilte als een vruchtbegin,
en wolkjes adem condenseerden bij zijn mond.

Winter als op een Hollands schilderij.
Maar waar de mensen waren? Misschien bij
de kachel thuis, of op de achtergrond in mist.

Vooroorlogse ontroering gaf
deze verbeelding mij, als had
ik mij, nu nevels dichter werden, in de tijd vergist.

Wat moest ik met de mensen? Gedachten
vielen als een vormloos pak in zachte
sneeuw – een witte vlek betekende: een man die afstapt.

Vergeefs sla ik gesloten ogen op;
daarmee sluit zich de man in mijn geheugen op
tot dit in fijne sneeuw verdwijnt. Wat blijft is landschap.

Inhoud en verantwoording

66: Judith Herzberg (1934), 'Botshol', in: *Botshol*, Amsterdam: Van Oorschot 1980, p. 5.

68: Nescio, 'Buiten-IJ', in: *Verzameld werk* 1, Amsterdam: Nijgh & Van Ditmar, Van Oorschot 1996, pp. 126-127.

70: Nicolaas Beets (1814-1903), *Teun de Jager*, Schoorl: Conserve 1987, pp. 15-16.

72: A. Roland Holst (1888-1976), *Een winter aan zee*, in: *Verzameld werk. Poëzie* 1, Amsterdam: Van Oorschot 1981, p. 313.

74: Adriaan van Dis (1946) , *Indische duinen*, Amsterdam: Meulenhoff 1994, p. 225.

76: Willem Bilderdijk (1756-1831), 'Landrust', in: *Dichtwerken* VI, Haarlem: Kruseman 1857, p. 255.

78: Joost van den Vondel (1587-1679), 'De Beemster', in: *Werken* IV, Amsterdam: Maatschappij voor goede en goedkoope lectuur 1930, p. 609 (herspeld).

80: David Jacob van Lennep (1774-1853), 'Hollandsche duinzang', in: *Verhandeling en Hollandsche duinzang*, Zwolle: Tjeenk Willink 1966, pp. 55-57.

82: Nelleke Noordervliet (1945), *Uit het paradijs*, Amsterdam: Meulenhoff 1997, p. 23.

84: Willem van Toorn (1935), 'Haarlemmermeer', in: *Herhaalde wandeling. Gedichten 1960-1975*, Amsterdam: Querido 1977, p. 45.

86: Jan Wolkers (1925), *Terug naar Oegstgeest*, achttiende druk, Amsterdam: Meulenhoff 1973, pp. 204-205.

88: Koos van Zomeren (1946), 'Goal!', in: *Zomer*, Amsterdam: De Arbeiderspers 1993, p. 11.

90: Johan van Heemskerk (1597-1656), *Batavische Arkadia*, 's-Gravenhage: Fuhri 1851, pp. 12-13.

90: Elias Annes Borger (1784-1820), 'Aan den Rijn', in: *Dichterlijke nalatenschap*, Schiedam: Roelants z.j., pp. 109-110.

91: *Het dagboek van de student Nicolaas Beets 1833-1836*, 's-Gravenhage 1983, p. 70.

92: Harry Mulisch (1927), 'Natuurlijke historie van de Noordzee', in: *De gedichten 1974-1983*, Amsterdam: De Bezige Bij 1983, p. 53.

94: P.A. de Génestet (1829-1861), 'Boutade', in: *Dichtwerken*, Amsterdam z.j., pp. 127-129.

96: Anton Korteweg (1944), 'Leiden-Den Haag', in: *Voor de goede orde*, Amsterdam: Meulenhoff 1988, p. 18.

98: Maarten 't Hart (1944), *Een vlucht regenwulpen*, Amsterdam: De Arbeiderspers 1978, pp. 56-62.

100: P.C. Boutens (1870-1943), 'Hart en land', in: *Verzamelde lyriek* 2, Amsterdam: Athenaeum-Polak & Van Gennep 1968, p. 723.

102: J.C. Bloem (1887-1966), 'Walcheren', in: *Gedichten* I, Amsterdam/Oxford/New York: Noord-Hollandsche Uitgevers Maatschappij 1979, pp. 24-25.

104: Nescio, *De uitvreter*, in: *Verzameld werk* 1, pp. 13-14.

106: H.C. ten Berge (1938), *De witte sjamaan*, Amsterdam: Meulenhoff 1973, p. 72.

108: Hans Warren (1921), *Geheim dagboek 1942-1944*, vierde druk, Amsterdam: Bert Bakker 1985, p. 36.

110: Frederik van Eeden, *Dagboek* 2, p. 591.

110: Nescio, *Natuurdagboek 1946-1955*, in: *Verzameld werk* 2, p. 238.

112: Harriet Laurey (1924) 'Sonnet voor Brabant', in uitgave in eigen beheer.

114: M. Nijhoff (1894-1953), 'De moeder de vrouw', in: *Gedichten* I, Assen/Maastricht: Van Gorcum 1993, p. 313.

116: Louis de Bourbon (1908-1975), 'Laus Brabantiae', in: *Verzamelde gedichten*, Brugge: Orion 1974, p. 130.

118: Antoon Coolen (1897-1961), *Dorp aan de rivier*, 40ste druk, Amsterdam: Nijgh & Van Ditmar 1997, pp. 9-10.

120: Jan Engelman (1900-1972), 'Meimorgen in Limburg', in: *Tuin van Eros*, Amsterdam: Querido 1978, pp. 66-67.

122: Nescio, 'Verliefdheid', in: *Verzameld werk* 1, pp. 164-165.

124: Ad Zuiderent (1944), 'Winterlandschap', in: *Geheugen voor landschap*, Amsterdam: De Arbeiderspers 1979, p. 43.

Illustratieverantwoording

Omslag: Yvonne Doorgeest, Groningen

Wim Allirol, pag. 25
Amit Bar, Doetinchem, pag. 103
B & U International Picture Service, Amsterdam, pag. 53, 73
Bram van der Biezen, Nunspeet, pag. 45
Jacques van den Bos, Haarlem, pag. 81
Yvonne Doorgeest, Groningen, pag. 21, 23
Emil de Haas, Haarlem, pag. 63
Michael Hendrikse, Ursem, pag 125
Karel Hofland, Amsterdam, pag. 13, 95, 101
Chris Jongman, Zutphen, pag. 31, 107
Thijs Koobs, Amsterdam, pag. 117
Henk van der Leeden, Marken, pag. 11, 41, 69, 105
Loek Polders, Amsterdam, pag. 17, 19, 27, 29, 33, 35, 37, 39, 43, 47, 49, 51, 57, 59, 61, 67, 71, 75, 77, 83, 85, 87, 89, 91, 93, 97, 99, 109, 111, 113, 115, 119
Herman Scholten, Almere, pag. 15, 55, 65, 121, 123
Frans Tijssens, Egmond aan Zee, pag. 9, 79